ALFAGUARA **Grup Promotor**

W0408264

www.alfaguaraij.cat

ALFAGUARA

**Grup Promotor**

www.alfaguaraij.cat

Títol original: האי ברחוב הציפורים


Frederic Mompou, 11 (Vila Olímpica)
08005 Barcelona
Telèfon 93 230 36 00

ISBN: 978-84-8435-573-1
Dipòsit legal: M-46.246-2008
*Printed in Spain* - Imprès a Espanya per
Huertas, S. A. Fuenlabrada (Madrid)

Primera edició: setembre 1998
Desena edició: octubre 2008

Il·lustració de la coberta: Eulàlia Sacriola

Disseny de la col·lecció: Manuel Estrada

Edició: Margarida Planes Ferrer

# L'illa del carrer dels Ocells

Uri Orlev
Traducció d'Eulàlia Sariola
Il·lustracions d'Ora Itan

ALFAGUARA
Grup Promotor

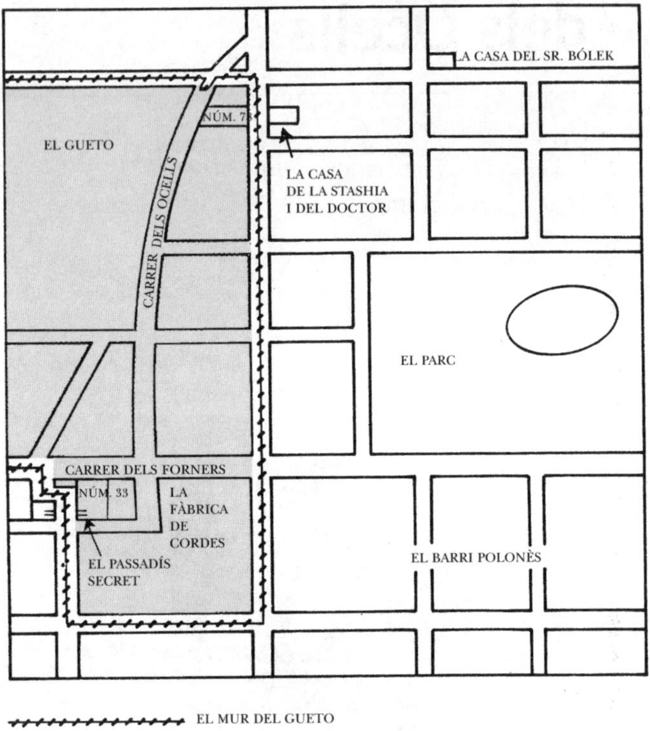
LA CASA DEL SR. BÓLEK
NÚM. 73
EL GUETO
CARRER DELS OCELLS
LA CASA
DE LA STASHIA
I DEL DOCTOR
EL PARC
CARRER DELS FORNERS
NÚM. 33
LA
FÀBRICA
DE
CORDES
EL PASSADÍS
SECRET
EL BARRI POLONÈS
EL MUR DEL GUETO

# Capítol 1

## El secret del pare

Em vaig despertar. El pare seia a terra, amb una espelma encesa als peus. Jo estava molt cansat i m'havia quedat a la meitat d'un somni. Vaig badallar i vaig intentar saber com acabava. De vegades es pot aconseguir si no et despertes del tot. La mare em digué que això era possible amb la condició de no mirar abans per la finestra. Però, ara, la finestra era fosca i a fora tot eren tenebres.

Alguna cosa m'inquietava. Què hi feia el pare a terra? Remenava unes petites peces de metall. Podia sentir com dringaven. Les netejava i se les mirava. Llavors va adonar-se que jo m'havia assegut al llit. Va tapar-ho ràpidament amb les mans com si em volgués amagar alguna cosa. Però a l'acte vaig veure què era, una culata amb el gallet. El meu pare tenia una pistola! Em vaig despertar del tot. Potser anava a matar alemanys?

La mare no hi era. Havia sortit per visitar uns companys del moviment al qual pertanyia, al gueto A, i no havia tornat. Ja feia vuit o deu dies. Jo no els comptava, era massa trist. Al principi vam pensar que l'havien agafada per treballar, en algun lloc a prop. Després, que potser l'havien dut per uns quants dies a un lloc més apartat. Per fi, vam començar a témer que se l'haguessin endut cap a Alemanya. No hi havia gaire gent que rebés cartes d'allà mitjançant la Creu Roja i les poques que es rebien era impossible de saber si eren autèntiques o bé escrites per força.

El pare se'm quedà mirant un moment i després va separar les mans de les peces de la pistola. Vaig obrir la boca per fer-li una pregunta, però ell es posà un dit damunt els llavis. Potser a causa de la família Grin, que dormia a la cambra del costat, en el pis que compartíem amb ells. Vaig baixar del llit, vaig anar cap al pare i vaig seure a terra al costat de l'espelma.

–És una pistola de debò? –li vaig preguntar en veu baixa.

–Sí –em va contestar el pare somrient.

Com si jo no ho sabés ja, encara que era difícil de creure. Mai no havia sentit a dir que cap dels nostres veïns tingués una pistola. I a més, si hi havia persones al gueto que en tenien, no devien ser pas gaires. Potser tres o quatre. Senzillament, la veritat era que no ho sabia. Aquestes coses s'amagaven als nens.

–Què fas?

–La netejo, la greixo i la preparo per si de cas.

–Aniràs a matar alemanys?

–Sí –digué el pare.

Em vaig esgarrifar.

–Demà?

–No –va dir el pare –, no t'amoïnis.

El pare no havia tingut intenció de revelar-me el secret de la pistola, malgrat que jo l'ajudava en tot el que feia. També el vaig ajudar quan vam construir el búnquer amb la família Grin i el petit amagatall de fusta al sostremort només per a nosaltres, a més de les feines que fèiem per tota la casa. Però ara que havia descobert el seu secret ja no va dubtar i em va fer veure com es muntava i es desmuntava, com es netejava i es greixava, quines parts s'han de greixar i de quines s'ha de treure l'oli abans de fer-la servir.

–Com ho saps, tot això?

–Fa temps vaig ser soldat –va dir el pare.

–Mai no m'ho havies dit.

–No va ser l'època més brillant de la meva vida –digué el pare–. Aviat em van agafar per a l'equip de boxa, però els altres jueus ho van passar malament i em feien llàstima.

Era una Baretta italiana, amb set bales al carregador. El pare les va treure d'una en una i em va explicar cada una de les parts de la pistola.

–T'ensenyaré a disparar amb aquesta pistola –va dir de sobte, després de rumiar una estona i havent madurat la seva decisió.

Vaig aprendre-ho tot sobre les pistoles. I si algú em desperta a mitjanit i m'ho pregunta, li puc contestar tot seguit sense dubtar-ho ni un segon. És una Baretta italiana del 1934. Calibre: 9 mil·límetres. Longitud del canó: 92 mil·límetres. Longitud total: 149 mil·límetres. Pes: 680 grams.

Des d'aquella nit ens vam asseure a terra moltes altres nits i jo muntava i desmuntava la nostra pistola i el pare m'ensenyava a carregar-la i a obrir-ne el fiador. Una cosa darrere l'altra. Després em va ensenyar a apuntar. S'ajeia davant meu amb una diana feta de cartró retallat i jo apuntava al foradet que hi havia al mig. A continuació, premia el gallet i feia:

–Bang!

I el pare veia, a través del forat, si havia fet blanc o no.

–Potser vindrà un dia, Àlex –deia el pare–, que aquests exercicis et salvaran la vida. Qui sap com i quan acabarà aquesta guerra.

El pare sospirà. Ja feia tres anys que la guerra durava, era la Segona Guerra Mundial. El meu pare recordava la Primera. Una vegada em va dir tot fent broma:

–I tu potser encara podràs veure la Tercera.

M'estava dient que em desitjava una vida llarga o potser només em deia que aquesta no seria la darrera guerra mundial? Li ho vaig preguntar i ell em va aclarir que, en finalitzar la Primera Guerra Mundial, tothom va pensar que seria la darrera. I heus aquí que en teníem una altra. La diferència era que a la Primera Guerra Mundial no mataven els jueus, no especialment. Hi va haver jueus arreu que van lluitar a tots els exèrcits i van morir com tots els altres soldats. Potser es van matar entre ells i tot. Vés-ho a saber! A casa dels pares del meu pare, o sigui a casa dels meus avis, en temps d'aquella guerra hi van viure oficials alemanys i no van fer cap mal a ningú. Fa estrany de pensar-ho. Només van requisar tots els picaportes de bronze i altres estris per fondre'ls i fer-ne canons. I un d'ells anava darrere la meva tia Lunia. L'àvia es va enfurismar. Com pot ser que fossin normals aleshores? El pare no em va saber respondre. Potser per això, al començament, la gent no volia creure que mataven els jueus, sinó que de debò els enviaven a camps de treball.

El pare i jo ens estàvem en uns habitatges de la fàbrica que feia cordes per a l'exèrcit alemany. El pare sortia de casa cada matí, quan encara era negra nit,

# 11

cap a la feina. Jo m'amagava al sostremort si el pare, com feia algunes vegades, no m'havia baixat al búnquer. Tot depenia dels rumors que ens arribaven. De vegades em portava d'amagatotis per passadissos camuflats a les parets i al sostre, i m'amagava a baix, al magatzem de la fàbrica. Llavors estava molt més a prop seu i no m'ensopia tant. En Barukh, l'encarregat del magatzem, m'ensenyava a fer nusos amb cordes gruixudes i primes i parlava amb mi de tota mena de coses. Jo estava segur que el vell Barukh era tan savi com el rei Salomó. No li vaig parlar, però, de la pistola. Ho havia promès al pare.

Jo llavors no ho sabia, però el pare sempre duia la pistola a tot arreu. Es va fer un cinturó de cuir, que portava sota l'aixella amb la pistola penjada, i allí era on la posava. A la nit la deixava sota el coixí. Al pare no li feia por que els alemanys la hi trobessin a sobre. A cap alemany no se li acudiria mai que un jueu de la fàbrica o del carrer pogués anar armat. Mai no van cercar armes entre nosaltres, ni quan arreplegaven gent per fer-los pujar als trens que els conduirien als camps de treball.

El vell Barukh feia te amb un petit bullidor elèctric i vigilava el magatzem. Apuntava les entrades i sortides dels embalums de cordes. Venia un camió conduït per un soldat alemany a recollir els grans sacs, que carregaven dos treballadors de la fàbrica. Quan venia el soldat ros, li oferia una cigarreta a en Barukh, però ell no el convidava pas a prendre el te. Quan venia l'alemany pèl-roig, l'escridassava i l'obligava a carregar amb els treballadors. També li clavava puntades de peu. Quan marxaven, en Barukh s'eixugava la suor del front i s'asseia gemegant. Després, es palpava la part interna de

la cama esquerra per sobre de la sabata i murmurava alguna cosa. Una vegada li vaig preguntar:

–Li fa mal la cama, senyor Barukh?

Em va mirar, i després de dubtar una mica s'arromangà el camal dels pantalons. Ficat a la sabata hi vaig veure un gran ganivet de cuina.

–Algun dia, almenys un alemany me les pagarà –digué el vell Barukh.

–Jo també... –vaig dir, però vaig mossegar-me la llengua: per poc no se'm va escapar el secret–. Jo també voldria tenir un ganivet com aquest –vaig dir finalment.

–Tu encara ets petit per a aquestes coses –va dir–, però quan creixis ja arribarà el teu moment.

No era tan senzill matar un alemany. No és pas que fos difícil ja que a cap alemany se li podia acudir que ningú pogués intentar matar-lo. L'alemany que venia al magatzem només portava una pistola tancada a la pistolera. Abans de poder-la utilitzar, havia de descordar la pistolera i mentrestant en Barukh hauria pogut tenir temps de clavar-li el ganivet. Per l'esquena, per exemple. No seria gaire cavallerós, però el pare m'havia dit que amb els alemanys podíem saltar-nos les regles, encara que només fos perquè ells se les havien saltades primer. El pare tampoc no podia utilitzar la pistola, ja que si a algun alemany de la fàbrica o del nostre carrer li passés res, els alemanys matarien una bona quantitat de gent, dones i nens indiscriminadament, per atemorir tothom i que ningú no gosés tornar-ho a fer. Com pot una persona responsabilitzar-se de la vida de tanta gent només perquè li ha vingut de gust matar un alemany?

–No estem segurs que els rumors que s'emporten d'aquí els jueus per exterminar-los als camps siguin certs –digué el pare.

–Sí que és segur –va dir en Barukh–. Jo mateix vaig parlar amb un noi que se'n va escapar. No t'ho havia dit?

El pare sospirà. S'estimava més creure que la mare encara tornaria.

–Si tan segur n'estàs, Barukh, per què no fas res, eh? –va preguntar-li el pare.

–Ja tinc prou feina, jo -contestà en Barukh–: vigilo el teu fill.

El pare tornà a la feina.

Un dels temes de què parlava amb en Barukh era de Hitler. No el coneixia personalment, però havia llegit molts llibres sobre ell. Fins i tot un que Hitler en persona havia escrit.

# 15

–Fixa't en Napoleó, per exemple –m'explicava–. A les guerres napoleòniques va morir molta gent. Hi havia fam i malalties. Però Hitler està fent una cosa que ningú no havia fet mai fins ara: està construint fàbriques per matar gent a sang freda, com animals a l'escorxador. Aquesta és la diferència.

I cada vegada acabava així la seva explicació:

–I per tot això perdrà la guerra, el mataran com un gos, el seu país serà destruït de soca-rel i el seu nom serà maleït per sempre.

El pare digué una vegada:

–El que s'hauria de fer és esborrar-lo dels llibres d'història. Com si mai no hagués existit.

–No –digué en Barukh–. Tot això ha de ser recordat perquè els altres pobles aprenguin què pot passar quan es tria com a cap d'estat un boig. I d'aquesta manera sabran que en situacions especials fins i tot els nens han de saber agafar una arma.

Vaig mirar el pare de cua d'ull. Si el pare i jo haguéssim estat amb la mare quan la van agafar pel carrer, no se l'haurien endut enlloc. Segur que no. Encara que després haguessin matat a tota la gent del carrer.

# Capítol 2

## En Floquet. L'exemple de l'arbre

Jo tenia un ratolí blanc, l'únic que em quedava després que es van anar morint tots els que van créixer a casa. No a la nostra casa d'abans, no. A la nostra casa del gueto, quan encara no havien començat a endur-se la gent.

Hi ha persones que odien els ratolins. N'hi ha que els tenen molta por. Però tenir un ratolí a casa no és gaire diferent de tenir-hi un gat, un gos o bé un ocell. Només que els ratolins són més petits, mengen menys i no causen grans molèsties si se sap com se n'ha de tenir cura. El vell Barukh, per exemple, em va confessar que odiava els ratolins. No m'ho va dir de cop. Al començament, em digué que no calia que m'endugués el ratolí quan anés a amagar-me al magatzem. Em va dir que s'escaparia i que no el podria trobar entre els sacs. Li vaig contestar que quan jo xiulava ell venia cap a mi; ja ho veuria. Gairebé es va desmaiar.

–No, no –digué.

Quina cosa més estranya, en canvi els alemanys no li feien cap por.

Després em va dir que les rates grises es menjarien el meu ratolí. Jo no havia vist mai cap rata per allà, encara que ell deia que vivien en uns forats que hi havia a terra.

–Però, per què se'l menjaran?

–Perquè és blanc.

–Potser es faran amics.

–Llavors ja no el veuràs més. Trobarà una ratolina i ja no tornarà.

–Potser és una femella.

–Doncs així trobarà un mascle.

Molt bé; el vaig deixar a casa. Es deia Floquet. Al matí li explicava que tornaria tard, a la nit, amb el pare, i que no s'havia d'amoïnar. El pare reia de veure que parlava amb el ratolí i li vaig dir:

–Abans sempre havíem parlat amb en Rex.

En Rex era el nostre gos. Ens el vam emportar al gueto i va morir de vell. El pare em deixava fer el que volgués amb el ratolí. No era un ratolí qualsevol. Era molt llest, per això va continuar viu quan els altres ratolins de la gàbia es van posar malalts i es van morir. El pare va dir que era perquè tenia més defenses, no perquè fos més llest. De totes maneres, sempre va ser diferent dels altres; ja me n'havia adonat abans que fos el darrer de la gàbia.

No sé què hauria fet sense ell tots els dies sencers que passava sol, des del matí, quan encara no era clar, fins ben entrada la nit, al nostre amagatall del sostre o a baix al búnquer. Quant temps es pot passar llegint? el pare no sempre trobava llibres nous per portar-me. Els llibres bons els podia llegir dues i fins tres vegades, com *Robinson Crusoe* o *El rei Mateu*. Però és impossible llegir un dia rere l'altre. Llavors, quan estava cansat, jugava amb en Floquet. Li amagava el menjar per algun lloc i deixava que el busqués. Va aprendre que el joc començava amb un xiulet. Començava a donar voltes tot ensumant fins que trobava el menjar. Gairebé sempre ho aconseguia. Si no li amagava tot el menjar junt no li feia mandra d'afanyar-se a furgar sota tots els draps i coixins una vegada i una altra.

Quan parlava amb en Floquet, no era exactament amb ell que em comunicava. Naturalment jo sabia que no em podia entendre, encara que estigués atent. Era molt més senzill parlar amb ell que fer-ho tot sol, com si fos boig. Li deia que quan la guerra s'acabés, que seria aviat, li compraria una gàbia ben gran i bonica. I li portaria amics, tant ratolins com ratolines, ja que no sabia si ell era «ell» o «ella». Era impossible de veure. Ni el pare no ho sabia.

Tenia prohibit de sortir de l'amagatall fins que el pare arribés i em fes un senyal. Si no hagués tornat a la nit ni durant tot l'endemà, no hauria pogut sortir. Això no va passar mai, però sempre tenia menjar per a uns quants dies i ampolles plenes d'aigua. També tenia prohibit anar al lavabo. Tenia una capsa. El pare

m'havia promès que si –Déu no ho vulgui!– li passava res, un o altre em vindria a buscar, potser el vell Barukh. No volia pas pensar-hi.

No estava pas gaire amoïnat. El meu pare era un home alt i fort. Quan era molt jove, va ser boxador. Em sembla que era el més fort de tota la fàbrica i, a més, tenia la pistola. I era maco. La mare ja sabia el que es feia quan s'hi va casar.

De seguida que arribava a casa de la feina i en sentia el xiulet, saltava damunt seu i l'abraçava ben fort, com si tot el dia hagués estat patint per ell, sense voler-m'ho confessar. I ell em llençava enlaire, encara que fos un noi gran i pesant i no una criatura, i em feia un petó.

El pare s'asseia a descansar quan tornava de la feina, i jo preparava el sopar. És un ximple el que pensa que els nois no sabem fer el menjar o que ens n'avergonyim. Fins i tot el vell Barukh em digué que els millors cuiners són homes. Jo li vaig explicar que li preparava el te, al pare, i truita i patates bullides per a tots dos.

–Convida'm un dia a sopar –em va demanar en Barukh.

El vaig convidar. Va venir de debò i ens va portar embotit i un pa diferent del de la fàbrica. Vaig fer te i patates. Aquell dia no teníem ous i no li vaig poder ensenyar com tombava la truita, fent-la volar enlaire. Encara que ell es va creure que ho podia fer. El pare li ho va prometre. El que no vam fer, com teníem per costum, era posar en Floquet sobre la taula. Es va quedar a la seva capsa xisclant i em va fer una mica de llàstima. Però, naturalment, havíem de pensar en el nostre convidat.

# 20

Després de sopar, el pare i en Barukh van parlar de la guerra. Van treure un gran mapa i van discutir sobre el preu que els alemanys començaven ja a pagar en el front rus, assenyalant amb els dits i marcant amb un llapis. Després van jugar a escacs. Estaven tots dos tan cansats, que van fer taules. Molt millor, així no hauria de compadir-me de cap dels dos. Els dies de festa, quan jugaven junts, estaven tan capficats per guanyar que era impossible de parlar amb ells. Com si es tractés d'una guerra i no d'un joc. Potser com em passava a mi quan volia guanyar, jugant a cartes amb el pare, i m'enfadava si perdia.

Si algun vespre el pare no estava cansat, s'asseia al costat del meu llit i parlàvem, com ho fèiem abans, quan era petit.

Una vegada, quan era molt més petit, me'n recordo que vam tenir una gran baralla. Va començar sense cap intenció. Recordo que estàvem enraonant sobre el pare o sobre la mare o alguna cosa semblant i llavors el pare em va preguntar que com em pensava que seria jo si ell s'hagués casat amb una altra dona.

–Bé –li vaig contestar–, seria una mica diferent, ja que tindria una mare amb un altre pare. I un pare amb una altra mare. De moment no em vaig adonar que parlava de dos nens diferents, com si estigués dividit en dos. No me'n vaig adonar, que això no podia ser. De mica en mica vaig veure que el que el pare havia volgut dir és que jo no hauria nascut. Si ells no s'haguessin conegut i jo no hagués nascut en el mateix instant en què vaig néixer, no existiria. Llavors va ser quan ens vam barallar i no vaig voler parlar amb ell als vespres fins que em va prometre que no tornaria a començar amb aquesta història.

Ara ja no m'enfado, però encara no m'ho puc explicar ni ho puc demostrar. Em sembla que és impossible. El que sé és que, passés el que passés, jo existiria, hauria nascut. Potser tindria uns altres pares i segur que seria diferent, però continuaria sent jo mateix. Potser no ara. Potser en un altre temps. Diguem després de la guerra. No estaria malament haver nascut després que tot això s'hagués acabat.

Vaig estar d'acord en una cosa. La mare hi posà cullerada dient que hauria pogut néixer nena. Era veritat i no vaig pensar que estigués en contradicció amb res del que havia dit. Només que em feia riure una mica pensar-ho.

I també hi havia l'assumpte del nom. El pare em va dir que em podria haver dit Alexandra en lloc d'Alexandre. Però em deien Àlex. No m'haurien pogut dir Alexa; és un nom que fa riure.

La mare em va fer costat en aquella discussió. Va dir al pare que em burxava. Em va dir que si jo ho sentia així, doncs ja estava bé. Ningú no podria demostrar el contrari. Si el pare se sentia com se sentia, doncs també li estava bé. Aquestes coses no tenen discussió. Tan sols es pot explicar el que se sent.

Potser per això vaig fer costat a la mare en l'assumpte del sionisme. El pare no hi estava d'acord, amb ella. Abans de la guerra es negava a anar a Palestina. Ell, aquí, a Polònia, se sentia a casa seva. La mare, no.

–Tu ets massa sensible –li deia el pare–. Si algú fa llengotes, et penses que te les fa a tu. I què si ets jueva? També hi ha protestants, luterans i musulmans.

La mare deia que no era el mateix i s'enfadaven i discutien. Ara això ja no té importància, ja que ningú no pot anar a Palestina.

Ara ja no recordo gaire bé què contestava la mare; era molt complicat. Les discussions duraven eternament. De vegades anaven de veritat i de vegades de broma. Per exemple el pare deia:

–Què és un sionista? És un jueu ric que envia a Palestina els jueus pobres. La primera vegada també va fer riure la mare. A mi no. M'ho van haver d'explicar. Però després, cada vegada que el pare feia el mateix acudit, la mare s'enfadava.

El pare sempre deia que tots érem éssers humans, no tenia importància el color de la pell, ni si tenies el nas llarg o amb quin nom t'adreçaves a Déu. I què hi feia si vivies aquí o bé a Honolulu? A mi em semblava que tenia raó. La mare, però, sospirava, dient:

–Tant de bo que fos així!

Una cosa que deia em quedà gravada a la memòria. L'exemple de l'arbre: no hi ha diferència entre néixer xinès, negre o indi, però des del moment que neixes, no pots renegar de les teves arrels.

–Si talles les arrels d'un arbre, es mor. Les persones no es moren quan se'ls tallen les arrels, però no poden seguir sent ells mateixos –continuà dient la mare–; creixen tristes i malaguanyades. I així pujaran els fills.

El pare no hi estava d'acord. Deia que passant dues o tres generacions tot estava oblidat. Però va reconèixer que els jueus tenien unes arrels molt profundes que venien de moltes generacions enrere; encara que es fessin cristians. Potser el pare es volia fer cristià? Em penso que no. Això hauria estat una covardia i el pare no era un covard. Per això la mare volia anar a viure a Palestina. La societat polonesa li negava les seves arrels.

Jo li feia costat, a la mare, només perquè ella me'n feia a mi. Llavors no estava gaire segur que tingués raó. Però, avui, estic segur que en tenia.

## Capítol 3

# Ens agafen.
# El vell Barukh té un pla

Tot va passar de sobte. Ningú no s'ho esperava. Ni va córrer la veu, ni cap encarregat polonès no va fer la més lleugera insinuació. Potser ells tampoc no ho sabien. Aquell dia al matí tothom va anar a treballar. Jo era al magatzem amb el vell Barukh. En Floquet s'havia quedat a casa i sort va tenir que li deixés la capsa oberta. Gemegava si se'l deixava tancat a casa tot el sant dia. El pare m'havia assegurat que a casa tot estava tancat i que no es podria escapar.

–I si fa un forat rosegant amb les dents?

–Abans que tingui temps de fer-lo ja haurem tornat.

Sense ni tan sols avisar els polonesos perquè sortissin, policies polonesos i jueus i soldats alemanys, com sempre, van encerclar la casa. N'hi havia també uns quants amb uniforme negre, ucraïnesos o lituans: no sabia distingir els uns dels altres.

Tothom es va començar a empènyer. Aviat es va descobrir que no era jo sol el que s'amagava a la fàbrica en hores de feina. Hi havia altres nens. Ningú no sabia què fer. Provar de fugir? Si miraves per la finestra semblava impossible. Però hi havia un passadís que, anant d'una casa a l'altra, arribava fins a la teulada. Llavors, abans que ens haguéssim decidit a fugir per amagar-nos a l'amagatall o bé al búnquer de casa nostra, es van sentir trets. Algú havia descobert que hi havia un passadís i ho havia denunciat. A qui havien disparat? Sort que era aquí, amb el pare i no m'havia quedat a l'amagatall.

El que de debò em feia més por era que agafessin el pare i quedar-me sol, al sostremort o al búnquer. És clar que m'havia dit que miraria de tornar al cap de dos o tres dies, ja ho he explicat, però... i si no podia? La mare també va dir que tornaria de seguida.

El pare va venir corrent al magatzem.

–Estan fent una selecció –va dir.

Jo ja sabia què volia dir aquesta paraula. Ajuntaven a tothom en un lloc tancat, el pati, per exemple, i els feien sortir d'un en un per la porta, on hi havia soldats alemanys, l'amo alemany de la fàbrica amb el seu soci polonès i uns policies. Ells triaven els qui es quedaven treballant i els qui s'emportaven. Els nens i els vells, naturalment, no tenien cap possibilitat de quedar-se, ni tampoc les persones joves amb nens.

Barukh va dir immediatament que ell no hi anava, que s'amagaria. Després s'espavilaria per tenir un permís de treball. Tenia influència amb el soci polonès de la fàbrica, ja que abans de la guerra havia treballat com a encarregat seu. Per això havia aconseguit aquella bona col·locació al magatzem, de la qual depenia la seva supervivència.

De vegades, quan jeia tot sol a l'amagatall, pensava en com deuen ser aquesta mena de persones que tenen poder sobre la vida dels altres. Pensava com seria si, per exemple, jo fos una d'elles. Faria que només poguessin sobreviure els qui tenen les dents del davant molt separades, com jo. Però el pare i Barukh no les tenen separades, així que hauria de ser una altra cosa. Per exemple, els ulls blaus. Encara que tindria dret a salvar tres persones que tinguessin els ulls castanys. Llavors, és clar, hauria triat la mare. El pare i Barukh no serien cap problema. Totes les altres persones d'ulls castanys haurien de passar davant meu, llavors hauria triat el petit Iossi: era el més simpàtic de la família Grin. Quina bestiesa! Com es pot separar un nen de la seva família? Hauria de poder salvar deu persones. Al final em vaig anar posant de mal humor, no sé si per aquests pensaments o perquè el pare ja estava trigant massa estona a tornar.

Per quina causa el soci polonès va proporcionar la col·locació al vell Barukh, malgrat la seva edat? Senzillament, la hi va donar perquè eren antics amics. En Barukh era vell, però encara era fort i sa i era honest fent la feina.

En Barukh s'esmunyí entre els grans sacs de corda, el meu amagatall, i va esperar a veure què decidia el pare. El pare no sabia què havia de fer. Sabia que a mi m'agafarien i que ens separaríem perquè ell s'hauria de quedar treballant. Si ens hi resistíem, no en sortiria res de bo, així que el pare va decidir d'amagar-se també. Tots tres ens vam esmunyir entre els embalums de corda i el pare, des de dintre, va arrossegar-ne un de ben gros i pesant per tapar l'escletxa d'entrada.

Vam sentir els xiulets i les corredisses dels policies que pujaven per les escales per impedir que ningú pugés a la teulada. Després vam sentir les passes de la gent que baixava per les escales al pati. Un nen plorava, cridant la seva mare. Els policies jueus van cridar:

–Tothom a baix!

Ho deien en alemany: «*Alle runter gehen!*»

Llavors va començar la cacera. Van passar d'una planta a l'altra cercant gent amagada. Van arribar al magatzem i els vam sentir parlar. Ens vam aguantar la respiració; jo vaig abraçar ben fort el pare i vaig notar la pistola. Encara la duia.

Van començar a moure els sacs. Com sabien que hi havia algú? Potser algú ens havia acusat, pensant que així es podria salvar. Els delators són pitjor que els alemanys. Ja se sap que dels alemanys no te'n pots fiar, són assassins i no se n'amaguen. Es guarneixen els uniformes amb calaveres. En canvi un traïdor et parla i et somriu a la cara i després, pel darrere, et denuncia. Es pensaven que així guanyarien temps. Com els alemanys, que es pensaven que guanyarien la guerra. Al final pagarien per tot el mal que havien fet, com els traïdors, que també ho pagarien però més aviat. Ho va dir en Barukh i ell sabia el que es deia. Als traïdors els matarien els mateixos alemanys abans de perdre la guerra; sempre els tenien al seu abast.

Quan ens van trobar, una idea molt graciosa em va venir al cap. Vaig pensar: «Quina sort que en Floquet s'hagi quedat a casa!» Com si ell també fos jueu i li haguessin de pegar i l'haguessin d'arrossegar cap al pati per seleccionar-lo.

Van començar a donar puntades de peu a en Barukh i també al pare. El pare es va girar cap al policia i aquest es féu enrere, sense que el pare ni tan sols li aixequés la mà. De totes maneres, després d'això, ens van fer baixar amb bones maneres i no van tocar més el vell Barukh.

Vam ser dels darrers a baixar al pati des que va començar la selecció. Llavors, el pare i en Barukh es van començar a barallar per culpa meva. Encara que era una discussió, semblava una baralla. Tots dos s'obstinaven a tenir la raó i no hi havia temps, s'havia de decidir al més ràpidament possible què s'havia de fer. En Barukh opinava que el pare havia de sortir immediatament entre els primers, sense mi. Segur que l'enviarien a la dreta. En Barukh m'agafaria i sortiríem entre els darrers. Érem un nen i un vell: ens enviarien a l'esquerra. Ells no classificaven la gent entre bons o dolents; una classificació així només es feia a l'altre món.

–Coneixes la casa enrunada que hi ha al nostre carrer, al número 78? L'enviaré allà i tu l'hi reculls després –digué baixet en Barukh.

Era la casa que estava derruïda pels bombardejos del començament de la guerra. Jo sabia on era i el pare també.

–Com l'hi podràs fer anar, allà?

–Això deixa-m'ho a mi –digué en Barukh en veu baixa.

–Si algú s'ha de sacrificar per salvar el meu fill, he de ser jo!

–Fes-te matar per ell, si tantes ganes en tens –digué en Barukh rient.

Va ser un riure fals; jo coneixia molt bé quan reia de cor. Sonava totalment diferent. Però ell va dir al pare que no podia donar la vida per mi perquè jo necessitava un pare viu, un pare amb llarga vida perquè em pogués veure créixer, un pare viu després de la guerra.

Però el pare no el va voler ni escoltar; tenia un altre pla. No ben bé un pla. Va decidir de sortir amb mi. És clar que ens enviarien cap a l'esquerra, amb en Barukh. I llavors, sobre la marxa, aprofitaríem alguna oportunitat. A la plataforma d'expedició, o bé saltant dels vagons. El meu pare duia sota l'abric una serra per metall i un martell, penjats al cinturó. I, sortint del magatzem, vaig veure com es ficava unes tenalles a la butxaca. El policia també ho va veure. El pare i Barukh van començar a patir per si els delatava. En van parlar amb un fil de veu i en secret abans de discutir sobre mi.

–Tu surts primer –va insistir en Barukh–. Generalment envien de seguida els que queden cap a casa seva. Així ho van fer la vegada anterior. De seguida pots sortir i arribar fins al número 78 per les teulades.

–És impossible –va dir el pare–: hi ha tres carrers entremig.

–I què? No pots baixar i creuar? Ets un tossut de mena. No vols fer cas d'aquest vell!

–No puc suportar el fet de pensar que pots morir per intentar salvar el meu fill –va dir el pare.

–Ho dius seriosament? Però si donar la vida per algú és l'oportunitat d'or de la meva vida. Sempre he pensat com ho podria fer perquè la meva mort tingués algun sentit. I ara pot ser de profit per a algú que estimo. I tu em vols impedir fer l'única bona obra que encara puc fer? Ja te'n pots ben avergonyir!

El pare va riure i en Barukh també. Es van abraçar. Després el pare es va ajupir per tranquil·litzar-me.

–No tinguis por, Àlex, tot anirà bé.

Aquí es va acabar la discussió. Els alemanys ens ho van posar fàcil. No hi hauria selecció. Va venir el soci polonès i digué a en Barukh a cau d'orella:

–Us volen liquidar a tots.

Vaig tornar a patir. No podria tornar i agafar en Floquet. Vaig pensar que s'espavilaria tot sol i que tindria prou temps per obrir-se camí cap a fora amb les dents. I, a més, al nostre apartament hi havia espai suficient per a una coseta tan petita. Segur que trobaria el camí del rebost.

Llavors, el policia que ens havia trobat i a qui el pare havia plantat cara va xiuxiuejar alguna cosa a l'orella d'un alemany. L'alemany va somriure i va fer aturar el pare. En Barukh em va empènyer endavant i tots dos vam sortir. Era cert que no feien cap selecció. Tothom s'estava dret a fora, formant una gran colla. En Barukh em va pujar a collibè i, per sobre dels caps de la gent, vaig veure el pare al costat de la porta. Estava donant les tenalles a l'alemany. L'alemany li va donar una bufetada i li va dir alguna cosa. El pare li va donar el martell. El tornà a bufetejar. Llavors el pare digué alguna cosa que va fer riure l'alemany. Quan un alemany riu, no sempre és un bon senyal. De totes maneres, no va tornar a aixecar la mà al pare. El van escorcollar i li van trobar la serra. Vaig pensar que el matarien allà mateix, a la porta, quan li trobessin la pistola. El cor em va començar a bategar amb tanta força que em pensava que m'ofegava. No la hi van trobar, encara que van escorcollar-lo també allà on la duia. Ho vaig veure molt bé. Llavors van manar a tothom que hi havia al carrer que fes una fila de tres. El pare encara no havia arribat on érem nosaltres i al pati encara hi havia gent, però, pel que es veia, van decidir conduir la gent en dos grups cap a la plataforma d'expedició i ens van fer posar en marxa. Vaig començar a cridar «Pare!», però en Barukh em va agafar el braç amb força i em va fer callar. El pare es va quedar amb el segon grup.

Vam començar a caminar. En Barukh no va parar de parlar amb mi tota l'estona, dient-me coses que caldria que recordés. De seguida que arribéssim davant del número 78, hauria de córrer cap a dins de la porta. Vaig recordar-me de la casa. A la façana hi havia finestres buides. A dintre no hi quedava res sencer, només parets enrunades, trossos del paviment penjant i canonades sobresortint. Arribat el moment, en Barukh em donaria una empenta. Em va prometre que el pare vindria darrere meu, que s'escaparia ara, o vindria més tard, al cap de dos o tres dies. De totes maneres, m'hauria de quedar allà tant de temps com pogués: un mes o fins i tot un any sencer.

–Tu ets un noi llest –digué– i sabràs espavilar-te. Si realment volen exterminar-nos a tots, els nens no tenen cap possibilitat. És molt difícil llençar un nen d'un tren en marxa. I encara més des que han pres les eines al teu pare. Si no es pot obrir un forat a l'alçada del terra del vagó, s'ha de saltar des de dalt, per una petita finestra que hi ha.

Després, em va explicar una cosa que ja sabia feia temps: a la casa enrunada hi havia un orifici petit que conduïa als soterranis. Era tan petit que només un nen podia esquitllar-s'hi.

–El pare tenia una altra cosa –vaig dir en un murmuri.

–Ja ho sé –digué en Barukh–. Vam veure que el policia ens estava mirant quan el pare va agafar les tenalles. La tinc jo.

–Com podrà recuperar-la el pare? –vaig preguntar-li preocupat.

–Tu l'hi tornaràs –digué en Barukh, penjant-me la seva motxilla a l'espatlla.

No vaig dir ni un mot.

–Saps què has de fer, Àlex?

Vaig moure el cap, assentint.

–Corre de dret cap al forat, entra-hi tan endins com puguis. No tinguis por; tens una lot a la motxilla.

Es veu que en Barukh feia temps que tenia preparat el meu pla de fuga. En aquell moment no vaig pensar res. Vaig fer-ho més tard. Ell continuava dient-me coses. Intentava ensenyar-me a tirar endavant, a buscar menjar, però jo no sentia res. Només veia el pare a la porta i l'alemany bufetejant-lo. Només podia pensar en la pistola que ara duia penjada a l'espatlla, dins la motxilla d'en Barukh. Llavors, de sobte, em va empènyer. Vaig arrencar a córrer amb totes les meves forces. Era molt bo corrent. Un policia em va córrer al darrere i de sobte va caure. Mai no ho podré saber, però juraria que en Barukh li va fer la traveta. Vaig sentir udols de dolor, però no eren d'en Barukh. Llavors vaig arribar a la porta i vaig córrer endins entre les runes, directe cap a l'entrada del soterrani. Al carrer se sentien trets. Em vaig esmunyir per l'estret forat. Quan jugàvem aquí, abans de les deportacions, mai no ens havíem ficat tan profundament en aquells soterranis, només fins on arribava la llum. Ens hauríem mort de por d'entrar més endins, tan fosc. Estàvem segurs que era ple de fantasmes.

Vaig sentir passes perseguint-me. També, soroll de totxos esfondrant-se i crits en alemany:

–És aquí!

–No, cap aquell costat!

No vaig dubtar. Vaig baixar a les palpentes unes

quantes passes seguint el primer corredor del soterrani. Amb tot i això, no vaig endinsar-m'hi gaire. De sobte em vaig asseure, estava molt i molt espantat. I llavors vaig recordar que tenia la pistola. Vaig obrir la motxilla i, amb els dits tremolosos, vaig buscar per dintre: una ampolla d'aigua, pa, una llanterna de butxaca. Ho vaig tornar a deixar a dins. Una cosa tova embolicada amb paper, melmelada o margarina. De seguida vaig notar la funda de la pistola, amb la corretja. La vaig treure de la motxilla, em vaig descordar l'abric i me la vaig penjar al coll. Després vaig canviar de parer. La vaig treure de la funda i me la vaig posar a la butxaca. Era massa grossa. Llavors, amb la navalla, vaig fer un forat al fons de la butxaca i hi vaig ficar el canó. D'aquesta manera la pistola no sobresortia de la butxaca. Estava satisfet. El fet de tenir això solucionat em va tranquil·litzar, malgrat que ells eren allà fora, a prop. Vaig fer un experiment. Em vaig posar dret. Suposem que ells entressin. Vaig ficar la mà dins la butxaca i vaig agafar la pistola. Llavors vaig sentir el pare, com quan ens entrenàvem a la fàbrica, dient: «L'important és la sorpresa. A ells no els cap al cap que puguis tenir una arma. Tingues paciència. És millor disparar de prop. I si vénen un darrere l'altre, els enfiles a tots dos alhora.» Aquesta paraula, «enfilar» em feia gràcia. Com les perles d'un collaret. La mare devia saber-ho, això de la pistola? De segur que ella no hauria rigut. Tot aquest tipus de coses no li feien pas gaire gràcia. Ella odiava els llibres de guerra que ens agradaven al pare i a mi. Fins i tot el de Sienkiewicz *A sang i foc*, un dels millors llibres del món. La mare deia que era massa cruel, però precisament això era el que en feia la lectura tan excitant.

# 34

Vaig desenfundar la pistola i la vaig muntar ràpidament. Vaig apuntar davant meu. Si haguessin entrat, haurien tingut la llum darrere seu i jo n'hauria vist les siluetes. Això em donava avantatge. Llavors vaig recordar que ells no podrien passar pel forat per on jo havia entrat si abans no l'eixamplaven.

Van disparar a dalt, contra les runes. A qui disparaven? No sabien que era aquí?

Ja no en vaig sentir més les passes. Vaig desmuntar la pistola i me la vaig ficar a la butxaca després d'embolicar-la amb un mocador perquè no s'embrutés. Vaig beure una mica d'aigua. Vaig treure la llanterna i la vaig encendre. Feia una llum molt forta i la vaig apagar tot seguit. Em faria falta a la nit i hauria de vigilar per estalviar i no malgastar les piles. «He d'inspeccionar el soterrani», vaig pensar. «Potser hi haurà un bon lloc per amagar-me. Floquet –vaig pensar–, què deus estar fent ara?» Llavors vaig sentir crits i passes de molta gent, lluny, fora al carrer. Devia ser el segon grup i el pare anava amb ells. Em vaig aixecar per córrer cap a fora. «Ni tan sols té la pistola. O potser ja ha pogut fugir?» Em vaig tornar a asseure però de seguida em vaig aixecar i vaig anar corrent cap a l'orifici d'entrada. Podria ser que ell no hi fos, i a mi m'agafarien de seguida. En Barukh em va prohibir de sortir: «Si ho fas, el pare no et podrà trobar mai.» Aquest «mai» em feia pànic. Com quan algú es mor. «Una setmana, un mes o un any sencer.» Vaig sentir com les passes i els crits s'anaven allunyant. Fins que va regnar el silenci. No vaig sortir per a res.

Vaig tornar al meu racó i em vaig adormir, amb el cap sobre la motxilla d'en Barukh. Vaig somniar amb ell, com si vingués cap a mi i em parlés. El que jo no podia entendre és com havia pogut passar per aquell forat tan estret.

Quan em vaig despertar era fosc. Algú havia tapat el forat? Estava terroritzat. M'hi vaig acostar amb molt de compte. No, a fora era de nit. Tot estava en silenci. Podia notar senyals de vida cap al darrere de la casa, a la zona polonesa.

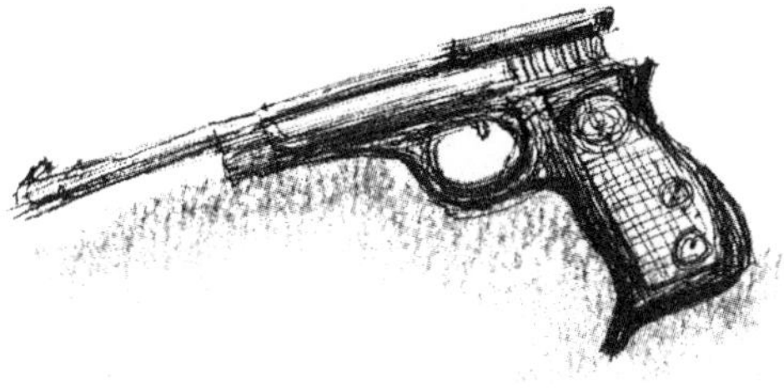

# Capítol 4

## La casa enrunada

Des que vivíem al gueto, al carrer dels Ocells, els nens dels voltants anàvem a la casa que hi havia al número 78 a jugar a fet i amagar i a tota mena de jocs de guerra «secrets». Els pares ens tenien prohibit molt seriosament d'entrar-hi, perquè els totxos es desprenien i queien sense parar. El pare deia que es podia ensorrar de cop i volta una paret sencera. Però aquell lloc ens atreia amb una força màgica, amb els soterranis misteriosos plens d'esperits i fantasmes, les parets desballestades de la planta baixa o del primer pis, les escales penjant en el buit. No hi havia cap lloc millor que aquell per jugar.

Pel que ens havien dit, la casa va ser tocada en un bombardeig, en part es va cremar i en part es va enderrocar. Les cases contigües no van ser tocades i tant les seves façanes com les parets del darrere van restar intactes. És a dir, cap d'aquestes dues façanes no arribava fins al lloc on hi va haver la teulada, sinó que, recolzant-se aquí i allà en el que quedava de les parets i en alguna canonada deixada anar, es dreçaven amb els forats buits de les finestres, moltes vegades plenes de sutge, com visions aterridores de decorats de teatre. La façana amb la porta d'entrada donava al nostre carrer, al gueto, però la part del darrere donava al barri cristià de la ciutat.

A part del lloc en si, ens atreia el paisatge que s'hi podia veure. No era fàcil arribar fins a l'única finestra que hi havia, on es podia pujar per unes escales penjades i només d'un en un, perquè no aguantava més pes. Aquesta finestra era al primer pis. A sobre n'hi havia quatre més, ja que la casa originàriament tenia cinc pisos, la planta baixa i el soterrani, és clar.

El carrer de la banda del darrere de l'edifici estava dividit en tota la seva longitud per un mur alt de totxos acabat per un dentat de vidres trencats. Des del mur es podien veure les cases de l'altra banda, del costat polonès. Eren gairebé a tocar de la mà, però pertanyien a un món completament diferent. Un món del qual havíem format part sense valorar-lo. Mai no se'ns hauria acudit que el dret d'anar pel carrer allà on volguéssim fos res d'especial. Pujar al tramvia i sortir de la ciutat, per exemple. O bé senzillament anar al gran estany i llençar molles de pa als cignes i vaguerejar per allà. Encara que, abans de les deportacions, aquí, al gueto, hi havia botigues, teníem amics, hi havia fins i tot un descampat on jugàvem a futbol i també teníem aquesta casa enrunada. Sempre, però, hi havia la frontera. Podíem arribar fins aquí i prou. Era com una presó, però potser una mica més espaiosa que les altres. I a més, allà, a les botigues poloneses, hi havia molt més menjar i a més bon preu. És veritat que el menjar de luxe allà també era car, però no tant com al gueto. Sempre s'hi podia comprar llet, pa i ous. I si d'ous no n'hi havia, de pa no n'hi faltava mai. I si la llet estava batejada, no hi feia res, l'aigua no fa cap mal. Allà no es morien de gana cada nit gent gran i criatures i se'n llençaven els cossos al carrer.

Pujàvem d'un en un fins a aquella finestra per donar un cop d'ull. Fins que un bèstia que vivia al davant ens va començar a tirar pedres. Primer vam pensar de tornar-nos-hi. De pedres no ens en faltaven pas. Però, finalment, vam decidir curar-nos en salut i no deixar que ens tapiessin la finestra per haver llençat runa al seu pati, a l'altra banda del mur. Si no, hauria pogut encertar-lo, i trencar-li el cap amb molta facilitat.

No era un noi alemany, però els polonesos també ens odiaven. El pare ens deia que era perquè els ho havien ensenyat a casa, a l'escola i a l'església. Els havien dit que els jueus havien crucificat Jesús, que eren uns tramposos, uns lladres i uns escanyapobres. El pare ens deia que també entre els polonesos hi ha tramposos, lladres, usurers i assassins. Almenys entre nosaltres no hi ha assassins ni borratxos. Però, quan algú és estranger, o pensem que ho és, és fàcil odiar-lo. Per exemple, quan no hi ha feina i els obrers polonesos van a l'atur, de seguida diuen:

–Els jueus ens han pres tots els llocs de treball! Que se'n vagin cap a Palestina!

El mur ens tapava les botigues que hi havia just davant nostre, a la zona polonesa. Sempre miràvem amb enyorament les finestres dels pisos superiors de la nostra casa enrunada. Des d'allà hauríem pogut veure molt més, però no hi havia manera d'arribar-hi.

En els pisos tercer i quart, sobresortint en el buit sobre les runes, hi havia dos trossos de terra, trencats en diagonal. Un dels nens els va assenyalar dient que havien estat cuines; es podia veure pels trossos de rajola de València blanca i el tros d'armari que encara penjava. De fet, a baix, també es podia veure que allò havia estat una cuina, ja que sota la nostra finestra hi havia les restes d'un rebost, amb la tela metàl·lica mirant cap a la zona polonesa. Encara que també hauria pogut ser el rebost d'un magatzem.

En el tros de terra que sobresortia més amunt, hi havia sempre pardals i altres ocells voletejant, com si allà hi hagués menjar. Una vegada, jugant-m'hi la vida, em vaig enfilar dalt d'unes runes que hi havia al davant, per observar la cuina destruïda. No en podia veure el terra, tan amunt, però vaig veure, oh miracle, que hi havia una aigüera amb una aixeta que degotava. Els ocellets senzillament hi anaven a beure. Com podia ser? Potser la canonada arribava fins allí des de la zona polonesa, per sota del mur. Hi havia també una aigüera com aquella sobre el paviment d'un pis més baix, coberta de fragments de guix i totxos i trossets de rajola trencada. També hi havia rebosts, que encara conservaven les portes, ho vaig veure clarament.

El nom del nostre carrer no venia d'aquells ocells, és clar. La mare em va explicar d'on venia. Feia temps, quan encara no hi havia cotxes, hi havia una filera d'arbres altíssims al mig del carrer, que no feien nosa als carruatges que hi circulaven a tots dos costats, entre els arbres i les cases. La mare no havia arribat a veure'ls, però l'àvia sí. Ella ens explicava que els arbres estaven atapeïts, plens d'ocells de gom a gom. Així va ser com el nostre carrer es va anomenar carrer dels Ocells. Potser els ocells que hi ha ara són besnéts dels rebesnéts dels ocells d'abans, ja que les generacions dels ocells són més curtes que les dels homes.

En Barukh em va dir una vegada que una generació són quaranta anys.

–Però a vint anys ja s'és vell –li vaig dir.

Ell va riure. Als seus ulls, una persona de cinquanta anys, o de cinquanta-cinc, encara era jove.

–Quan en tinguis cinquanta, t'adonaràs que tinc raó.

Era difícil de creure. Pobre Floquet. Potser encara podria viure tres anys més. Quant deu ser una generació per a un ratolí? Segons l'enciclopèdia, les rates poden tenir ratolins una mitjana de vuit vegades per any. No surten els comptes!

Als pares no els en vaig poder explicar res, dels ocells, ni de com bevien aigua. De seguida s'haurien adonat que els havia desobeït. I encara més. Immediatament després d'haver baixat a reunir-me amb els meus companys, la paret on acabava d'enfilar-me va caure, i ho va omplir tot d'un immens núvol de pols. Vam córrer tossint cap a fora. Un nen va dir:

–Quina sort has tingut, Àlex.

I era ben cert. M'hagués agradat tant poder-ho explicar als pares... El pare també em deia sempre:

–Àlex, tens molta sort.

La mare tenia una explicació per a això. Jo havia nascut *amb un barret.* I el qui naixia *amb un barret*, tindria sort a la vida. La mare em va explicar que el que volia dir això del barret era que alguns nens naixien amb una mena de membrana mucosa al cap que semblava un barret. És clar que era una superstició, va dir, però moltes supersticions finalment eren veritat. El vell Barukh també ho creia.

Ells tres han estat els meus mestres. És clar que he tingut mestres a l'escola i una mestra a la classe del gueto. Però les coses més importants les he après del pare, de la mare i d'en Barukh.

«Quan trobis un amagatall, fixa't-hi bé que tingui una sortida d'emergència.» Això ho havia après d'en Barukh.

«El més important és la sorpresa. Pren-te el temps necessari...» Aquesta era la lliçó del pare.

«Si tractes la gent amb bondat i confiança, t'ajudaran.» Aquesta era la lliçó de la mare.

Però el pare, sentint-ho em digué:

–Tracta'ls bé, però no te'n fiïs.

Això em va fer un embolic.

–Segons la situació –va dir la mare–. Si ets intel·ligent, sabràs quan t'has de comportar d'una manera i quan de l'altra, però el que jo volia dir no és com t'has de comportar sempre, sinó el que és important que tinguis en el teu cor. El cor ha d'estar ple de confiança i d'amor. No sempre s'ha de fer servir, sobretot quan davant teu hi ha un assassí amb una calavera a l'uniforme.

El pare va callar un moment i després va dir:

–Sí, Àlex, és veritat.

Encara hi ha una altra cosa per dir sobre el tema de la sort. Al principi de la guerra, quan hi va haver els bombardejos, jo estava caminant pel carrer. Va sonar la sirena d'alarma i un home desconegut em va arrossegar cap a la porta d'una casa. Em vaig quedar quiet un moment i de sobte vaig córrer cap a casa. Ell va cridar: «Eh, noi, torna, torna de seguida!»

Aquell home tenia por que em toqués un tros de metralla o que em caigués una bomba al cap. I llavors hi va haver una terrible explosió i un núvol de pols i una pluja de pedres en totes direccions. Em vaig estirar al carrer, al costat de la vorera, tal com el pare m'havia ensenyat. Quan tot es va tranquil·litzar i la pols es va esvair, abans que se sentís la sirena del final de l'alarma, em vaig aixecar i vaig mirar enrere. No podia creure el que veien els meus ulls. La façana de la casa on havia estat abans s'havia esborrat del mapa; no hi havia ni la porta, només una pila de runes fumejants. De seguida va començar a arribar gent, policies i equips de rescat per excavar i cercar els supervivents.

Vaig pensar en la meva bona sort com si fos un bon esperit o bé un àngel. O potser algú que havia decidit que jo havia de continuar vivint. Però el meu pare no hi creia, en la predestinació. Sempre deia: «Sigues l'amo del teu propi destí, Àlex.» En canvi, en Barukh deia: «Tot està escrit. L'home no governa el seu destí, pel bé i pel mal.»

Realment fóra interessant saber si ja està determinat el que ha de passar a cadascú. Era difícil de creure, ja que si ho estava, per què s'hauria de fer res? Potser hi havia alguna cosa escrita amb condicions: si feies això i allò, et passaria això i allò altre, però si feies una altra cosa el resultat seria un altre. I això era el que ja estava escrit. Qui podia saber-ho?

No eren només les persones les qui tenien un destí. Si en Floquet trobava la manera de fer un forat a l'armari on tancàvem el menjar, el seu destí fóra continuar viu. Els ratolins podien viure tres anys. Ho vaig llegir en un llibre. O potser no li calia fer cap forat, perquè potser estava escrit que jo aniria als habitatges de la fàbrica i el portaria cap aquí. Si estigués escrit, evidentment ho estaria al meu nom: Àlex.

Des del dia que la mare no va tornar, vaig començar a pensar que ella era la meva bona estrella. Notava que era en un lloc proper, que tenia cura de mi; alguna vegada vaig arribar a creure que veia, de cua d'ull, una mena d'ombra voleiant al meu voltant.

# Capítol 5

## La meva primera sortida. La família Grin

Vaig anar a buscar en Floquet. Vaig agafar la pistola i la llanterna. La resta de coses les vaig deixar al clot on havia dormit fins al vespre, després d'haver-hi aixecat al voltant una petita paret de maons i haver-lo cobert amb una xapa, perquè no hi poguessin entrar les rates, tot i que no n'havia sentit xisclar cap. Potser s'estimaven més viure en els soterranis de les cases habitades, amb raó. Després de dubtar-ho molt, vaig tornar a posar la pistola a la pistolera. A continuació, amb la corretja del pare em vaig fer un cinturó per portar-la, a la cintura, sota l'abric. És clar que m'hauria agradat més portar-la com el pare, sota l'aixella, però no hi tenia prou espai, allí. Finalment, amb la navalla vaig tallar la butxaca de l'abric, per poder treure directament la pistola de la funda.

Va sortir la lluna i el carrer va quedar parcialment il·luminat. Les cases estaven totes a les fosques. No pels bombardejos: ja feia més d'una setmana que ningú no hi vivia, al nostre carrer; només hi havia els objectes personals de cadascú. Havien tret a tothom del carrer i de tot el gueto C, on hi havia la fàbrica que treballava per als alemanys. A tothom, llevat dels treballadors i dels seus fills, que havien amagat, com a mi.

No s'hi podien tenir nens, als habitatges dels treballadors de la fàbrica. Al principi estava permès, però de sobte va sortir un decret nou que ho prohibia. Llavors hi va haver un gran pànic. El pare em va voler enviar a casa d'uns amics polonesos, al poble. Però la mare es va negar a separar-se de mi. Va tenir por que estigués tan lluny, sol i deixat de la mà de Déu. Per tot això vam decidir construir l'amagatall al sostre, i després, el búnquer amb la família Grin.

Els alemanys van deixar quedar els treballadors perquè els necessitaven, almenys, això pensàvem. El pare n'estava convençut. Digué que era lògic. En Barukh va dir que no sempre es comportaven lògicament. Potser el que realment volia l'amo de la fàbrica era fer més corda, com es feien raspalls a la fàbrica de raspalls o mitjons a la fàbrica Miller o corretjam militar a cals basters que encara quedaven. El soci polonès de l'amo de la fàbrica, amic d'en Barukh, també volia que ens quedéssim. La fàbrica havia estat seva abans de la guerra.

Per a què necessitaven tanta corda els alemanys? Una vegada vaig preguntar als pares si era per lligar els presoners russos. Van riure i el pare em va dir:

–No, és per penjar-s'hi ells mateixos.

Les cases per on vaig passar aleshores eren plenes de les coses que hi havia quan encara hi vivien els seus habitants. Tothom estava sorprès que els alemanys no haguessin vingut a saquejar-les com acostumaven a fer en altres llocs. Potser era un bon senyal, o bé el contrari. El pare deia que estaven massa ocupats en el front oriental, o sigui a Rússia. En Barukh va riure i digué que el que passava, senzillament, era que estaven evacuant els habitants del gueto B i que finalment arribarien aquí. Al gueto B hi vivien els rics. En el nostre carrer no hi havia rics i poca gent tenia mobles bons, i potser era per això que els alemanys no tenien gaire pressa.

Vaig pensar en les nostres cadires: no eren de les millors, però eren prou boniques. Especialment després que el pare i jo les pintéssim de color blau cel. Qui s'hi deu asseure ara a Alemanya? Vaig parlar-ne amb en Barukh i digué:

–Seieu, seieu, fins que us caiguin a sobre les bombes angleses i americanes.

Em posava trist pensar en les cadires i encara més en les meves joguines. Els llibres, almenys, els alemanys no els podrien llegir ja que estaven escrits en polonès.

Tornaré a explicar això dels guetos. N'hi havia tres. El gueto B va ser evacuat al començament. Al gueto C, el nostre, hi havia els treballadors de les fàbriques d'indústria bèl·lica. El gueto A era molt gran i atapeït. Van començar a buidar-lo i després es van aturar. En Barukh assegurava que no trigarien gaire a tornar-hi. Però ara encara hi ha molta gent vivint-hi, molts carrers i carrerons, molts soterranis i golfes. Hi havia búnquers, excavats profundament sota terra, amb aigua i menjar per a un any sencer. Hi havia molts maleïts delators. Però també hi havia grups de sionistes, d'un dels quals la mare formava part, i molts descarregadors i carreters, tots ells gent dura. El pare deia que tota aquesta gent, amb els joves, farien la revolta.

–Semblant al que va passar al gueto de Varsòvia –digué–. Potser aquí duraria una mica menys, un dia o dos, però seria una revolta, al cap i a la fi.

–Per què no comencem ara? –digué en Barukh.

El pare va contestar:

–No es pot començar si tot és ple de famílies amb nens. I potser encara no hi ha prou armes. Si es fa una revolta, almenys s'ha d'aguantar tres dies i fer tot el mal que es pugui als alemanys.

Vaig anar pel costat del carrer que no estava il·luminat per la lluna, mirant de caminar arran de les parets de les cases. «Atura't de tant en tant per escoltar», m'havia ensenyat el pare; «Mira cap als costats, cap amunt i endarrere; el perill no ve només de front». Aquestes coses me les ensenyava quan sortíem després del toc de queda, a la nit, a comprar pa als estraperlistes. Després tornàvem per l'entrada del darrere dels nostres edificis, per una finestra amb els barrots serrats. El pare xiulava i en Barukh li contestava des de dintre.

Se'm feia difícil caminar arran de les cases, però ho havia de fer. A tot el llarg del carrer, sobretot al costat dels portals, hi llençaven tota mena de porqueries, mobles trencats i objectes que no podia distingir per culpa de la foscor. Cada cop que trobava una d'aquestes piles, l'havia de voltar i sempre em semblava que veia un o dos alemanys amb la mirada clavada en mi. Una vegada, van ser realment els ulls d'un gat i llavors, per primera vegada a la vida, vaig notar com se m'eriçaven els cabells del cap. Fins a aquell moment estava segur que això era un invent dels escriptors de novel·les de terror.

Vaig baixar de la vorera i vaig continuar caminant pel carrer, corrent el risc que em veiessin. Així anava més de pressa i era més lluny de tot allò que em semblaven monstres.

Si he de dir la veritat, no sé de què tenia més por, si dels alemanys o bé dels fantasmes. És clar que els alemanys no s'haurien pres la molèstia d'amagar-se entre les deixalles i la brutícia per tal de detenir alguna persona a la nit. Tal com deia en Barukh, s'estimaven més venir a ple dia, després d'un esmorzar opulent. Vindrien acompanyats de tota mena de policies que els farien la feina. Penso que, realment, em feien més por els fantasmes, encara que hauria hagut de ser a l'inrevés.

De sobte, es va tancar una porta dins d'una casa, just al moment que passava davant el portal. Va petar molt fort. Primer vaig pensar que disparaven trets dins la casa, tan fort va ser el soroll. Al cap d'un moment es va sentir un grinyol i un nou espetec: era només una porta que s'obria i es tancava amb el corrent d'aire.

Pel camí cap als habitatges de la fàbrica, vaig haver-me d'aturar més d'un cop, paralitzat de por en sentir aquells sorolls, grinyols i petaments de portes i finestres. De vegades, feia un bot contra la paret, en veure un grapat de plomes d'algun coixí o vànova descosits, que sortien de sobte d'una casa voleiant fantasmalment, en silenci. Em vaig parlar a mi mateix, mirant de convèncer-me que aquestes coses, de dia, no m'haurien espantat en absolut. Però no em va servir de res.

Pel carrer, a més de mobles i estris de les cases, hi havia maletes llençades, destrossades i obertes que els seus propietaris havien abandonat perquè pesaven massa. Potser els amos n'havien llevat els objectes de valor al darrer instant o bé els saquejadors s'havien ocupat de buidar-les.

Finalment vaig deixar de preocupar-me i no em vaig aturar més. Vaig córrer com un esperitat, duent les sabates a les mans i només calçat amb els mitjons. Coneixia molt bé el carrer. La porta, naturalment, estava tancada amb clau. Vaig donar la volta. Em vaig enfilar per la paret i vaig empènyer la finestra dels barrots serrats. En obrir-se va grinyolar, com sempre. Vaig entrar-hi d'un bot i vaig travessar el nostre pati en silenci. No hi havia ningú, encara que em va semblar sentir una remor, com una mena de fregadís a la teulada. Potser s'hi amagava algú altre aquí? Què devia haver passat amb la família Grin, els veïns que compartien el búnquer amb nosaltres? Potser eren aquí? Vaig pujar a casa. La porta estava destrossada.

Vaig córrer cap a dintre, com si el pare fos allí. Però és clar que no hi era. Ens havíem de trobar al número 78. Vaig sentir el xisclet d'en Floquet. Llàstima que, petit com era, no el vaig poder abraçar gaire fort. Estic segur que es va sentir superfeliç quan el vaig aixecar de terra i me'l vaig amagar a la butxaca de l'abric.

Em vaig capficar pensant que havia d'haver deixat algun senyal pel pare a l'amagatall del número 78, i vaig fer mitja volta per marxar. Llavors, se'm va acudir que podia agafar algunes coses per endur-me'n. Per exemple, el meu coixí i la meva flassada i potser també menjar. Vaig acostar-me al rebost, però estava obert i buit. Algú ho havia saquejat, vaig pensar, enfadat. Potser algú que s'amagava aquí, a casa, pensant que ni el pare ni jo no tornaríem.

Teníem una mica de menjar a l'amagatall de fusta del sostremort. M'hi vaig enfilar. La mateixa escena. Algú ja hi havia estat i s'ho havia endut tot. Algú que coneixia el lloc. El pare potser? El sostremort estava molt ben amagat. Llevat de nosaltres, només la família Grin sabia que existien el sostremort i el búnquer. Així que vaig anar a la cambra de bany i vaig mirar de moure la tassa del vàter, com ho feia el pare quan baixàvem al búnquer. Però no es mogué. Com si estigués tancat per dins. Vaig estirar amb totes les meves forces. No es mogué. Llavors vaig picar a terra i vaig xiuxiuejar:

–Senyor Grin! Senyora Grin! Tsipora! Abraham! Iossi!

Ningú no va contestar. Vaig recordar la nostra contrasenya. Vaig colpejar una vegada i després dues. Tampoc no van respondre. Llavors vaig començar a donar cops tan fort com vaig poder cridant:

–Senyor Grin!!

Van obrir i se'm van llençar, furiosos, a sobre.

–Què fas amb aquests crits? És que vols fer venir tots els alemanys? I a tots els delators? Ets un estúpid!!

Em vaig sentir ultratjat. Vaig baixar i ells van tancar l'obertura. El pare no hi era. No tenien cap dret de parlar-me així. Quan una persona adulta et tracta d'aquesta manera no és igual que quan ho fem els nens. És realment ofensiu. I el culpable era ell.

–Per què no m'heu contestat?! –vaig cridar jo també.

–Hem contestat de seguida –digué el senyor Grin–. Quin noi més descarat!

Va aixecar la mà, a punt de pegar-me. Jo em vaig fer enrere.

–Prou, Mietek –digué la seva dona–. Vine a seure amb nosaltres. On és el teu pare?

–El van agafar en el segon grup –vaig dir.

–Només has tornat tu?

–No he tornat –vaig dir–. No m'he mogut d'aquí.

–On eres? A casa teva no...

–Heu estat vosaltres els que ens heu agafat el menjar?

–No –digué Mietek.

Sabia que m'estava mentint. Vaig mirar la Tsipora i en Iosi. El petit va amagar la cara a les faldilles de la mare. Abraham es va enfilar a la part de dalt de la llitera i es va tapar amb la flassada.

–També ens heu pres el menjar del sostremort –vaig dir.

No tenia por. Ja podien matar-me. Que els seus fills sabessin quina mena de pares tenien.

–Nosaltres no hem pres res –digué la senyora Grin suaument.

El vell Barukh sempre deia d'ells que eren gentussa. Potser era això el que volia dir.

Què podia fer? Ells eren cinc. Dos adults. I a més, la Tsipora i l'Abraham eren més grans que no pas jo. Però aquí, al búnquer, hi havia menjar que el pare i el senyor Grin havien portat per poder resistir molts mesos. Això no m'ho podien negar.

–Molt bé –vaig dir–, jo vull el nostre menjar. Portaré un sac i me n'enduré tant com pugui arrossegar. I després tornaré a buscar-ne més.

El senyor Grin va fer un bot com si l'hagués picat una serp i es va llençar contra mi, però la seva dona el va agafar i el va fer seure per força al seu lloc.

–Val més que callis. Jo parlaré amb el noi.

A continuació, es girà cap a mi i em digué amb veu dolça, com abans:

–Mira, Àlex, hi ha unes quantes coses que has d'entendre. En primer lloc, no pots començar a entrar i sortir. Tu ets un noi gran i intel·ligent i ja saps que una cosa així ens descobriria. Saps que tot és ple de delators. Espero que ningú no t'hagi vist venir i no hagi sentit els teus crits estúpids.

–Hauríeu pogut obrir quan jo...

Ella no em deixà continuar.

–No hi fa res –va dir–. Escolta atentament el que et dic, Àlex. Si surts d'aquí, serà amb la condició que no tornis mai més. Això en primer lloc.

–Però... –vaig començar a dir.

Volia dir que el búnquer era nostre. I el menjar també.

–Molt bé, ja ho sé. Ara calla.

Vaig callar.

–Et pots quedar amb nosaltres tant com vulguis i el menjar serà tant per a tu com per als meus fills. Això queda clar?

–Sí, senyora –vaig dir amb educació.

–Doncs molt bé. Pots jeure sobre una de les posts, i si tens gana la Tsipora et donarà de seguida alguna cosa. Hem d'estalviar, perquè no sabem quant de temps ens estarem aquí i la fi de la guerra encara és lluny.

–Jo no em puc quedar aquí –vaig fer.

–I tant que no pot! –saltà el senyor Grin.

Ella no se l'escoltà pas. En Iosi, la Tsipora i l'Abraham em van mirar, bocabadats.

–Me n'he d'anar a... al lloc on espero el meu pare –vaig dir.

–On és? –van dir alhora el senyor i la senyora Grin.

–És... –i no els ho vaig dir.

–És que no confies en nosaltres? Per què no ens ho vols dir? Que potser hi ha el teu pare allà, o potser alguna altra persona? Qui t'hi ha enviat, aquí?

Totes aquestes preguntes me les van fer de cop i volta.

–No –vaig fer–, ningú no m'ha fet venir. M'hi estic tot sol. Espero el pare.

–Doncs per què has vingut aquí? –preguntà el senyor Grin.

–Per agafar en Floquet.

–En Floquet? –van preguntar tots dos.

En Iosi digué:

–És el seu ratolí blanc.

Tots van esclafir el riure, tret del senyor Grin. Em vaig ben avergonyir. Sort que en Floquet s'estava ben quiet i no sortia de la butxaca.

–Volia agafar menjar i no n'hi havia enlloc. Així que

he vingut aquí per agafar el que ens pertany. El portaré cap al nostre pis i l'aniré agafant de mica en mica. No tornaré a entrar al búnquer ni picaré més a la porta.

–No entra en els nostres càlculs –va dir el senyor Grin.

Després, tots dos es van enretirar cap a un costat i van parlar en veu baixa molta estona. Discutien per alguna cosa. Es barallaven. Finalment, ella va venir i em va dir amb veu hostil:

–Et pots quedar amb nosaltres o pots marxar, però no et pots endur menjar.

–Per què?

–Perquè fóra malaguanyat. T'enxamparan d'aquí a un o dos dies i tot el menjar es perdrà.

–Queda't –digué en Iosi.

–No puc –vaig dir a punt de plorar–. Estic esperant el meu pare i...

–Però ell també vindrà aquí a cercar-te –va dir l'Abraham.

Tenia raó, era lògic. M'hauria de quedar amb ells. Vaig observar els seus rostres. En Iosi em mirava esperançat. La Tsipora i l'Abraham no eren pas tan dolents. Però tenia clar que no em podia quedar. Havia de marxar tot seguit cap al refugi. Vaig mirar de pensar. En Barukh sabia que el búnquer existia i no m'havia pas dit d'anar-hi, a la nit, si el pare no tornava. Ell va dir clarament: «Espera't a l'amagatall del número 78, una setmana, un mes, un any sencer.» Així mateix ho va dir. I això era el que havia de fer.

La senyora Grin em va donar tres pots de llet condensada. No ho podia demostrar, però aquells pots eren de l'armari de la nostra cuina. Em va donar unes quantes galetes i un pot de melmelada.

–Ja està –digué.

–Àlex, queda't –va xiuxiuejar en Iosi una altra vegada.

–Tanca la boca –va dir, sever, el senyor Grin–. No et fiquis on no et demanen.

Ni per tot l'or del món m'hauria quedat amb ells sense el pare. En canvi, tan simpàtics que havien estat sempre, quan passaven a xerrar amb nosaltres. Potser eren com les rates, amables quan els feia falta, fins que de sobte es descobria realment com eren.

Vaig tornar a l'apartament de dalt i vaig embolicar la flassada i el coixí dins un cobrellit prim. També hi vaig posar alguns llibres, el menjar que m'havien donat, un llençol, una tovallola, unes quantes mudes i roba de recanvi. Igual que quan es va de campament. Després de rumiar una estona, vaig agafar espelmes i mistos i una lot del pare. En tindria dues. Una forquilla, una cullera, una cullereta i un ganivet i un altre joc de coberts per quan tornés el pare. Estava a punt de marxar, quan vaig recordar-me de la nostra capsa de fotos i la vaig afegir a la pila. No volia que les nostres

fotos anessin voltant pels patis d'arreu, com les d'altres famílies.

Potser no m'hi hauria fixat, en això, si la mare no m'hi hagués fet parar esment. Em va dir que eren fotos de persones que havien estat felices, fotos de casaments, per exemple, o dels pares vells, o de naixements. Eren com una mena de vestigis de persones mortes i que no feien falta a ningú, tret d'ells.

Em vaig posar en marxa. Vaig passar el meu fardell per la finestra amb dificultat, deixant els barrots serrats al seu lloc. Potser hi tornaria alguna altra vegada i ningú no s'havia d'adonar que estaven serrats i que s'hi podia entrar. El vell Barukh havia fet una bona feina en aquesta finestra.

El cel estava tapat pels núvols. Començava a plovisquejar. De sobte, em van venir al cap tota mena de coses que hauria pogut portar de casa. Com era que no m'hi havia quedat a dormir? Potser m'hauria hagut de quedar al búnquer, malgrat que odiés aquella família? Però no vaig tornar enrere.

Vaig desfer el camí més de pressa que a l'anada, potser perquè no vaig vigilar tant. Encara que de por en tenia igualment. Era molt difícil no tenir-ne.

Quan vaig entrar al soterrani, havia començat a ploure i vaig haver de desfer el fardell davant del forat d'entrada al refugi, ja que sencer no hi passava. La flassada s'havia humitejat una mica i els llibres també. No hi feia res, ja s'eixugarien.

Em vaig preparar el llit, però el terra era dur i vaig decidir posar-hi la flassada. L'endemà, aniria a una de les cases properes a cercar un matalàs. Potser també hi trobaria menjar. No n'estava segur. Segurament tothom el devia haver agafat i el devia haver amagat com més bé millor. De ben segur que de matalassos n'hi devia haver a dojo.

A la nit vaig somniar el pare. Em somreia. Era tan a prop que vaig allargar els braços per abraçar-lo però no hi arribava. Ho vaig tornar a intentar una vegada i altra però s'anava allunyant cada vegada més, encara que no es movia de lloc. Vaig cridar: «Pare!» Debades. Llavors, li vaig voler córrer al darrere. Encara se'l podia veure bé, però les cames em pesaven i no em podia moure. Malgrat tot, ell no deixava de mirar-me amb un somriure coratjós, com dient-me: «Aguanta, Àlex; tornaré!»

Dues vegades em vaig despertar. La primera no sabia on era. Em vaig despertar pel somni. La segona, em vaig despertar pels trons de la tempesta que ressonaven a fora. A prop meu em va despertar el soroll d'un degotall al soterrani. Vaig palpar la prima flassada que m'embolcallava. Era eixuta. Era la primera vegada que dormia sense posar-me el pijama des del dia que s'havien acabat els bombardejos.

# Capítol 6

## Objectes preciosos sense cap valor

Em vaig despertar d'hora, amb la piuladissa dels ocells. Vaig mirar pel forat cap enfora. Feia un matí preciós i de les runes m'arribava aquella olor de pluja que tant m'agradava. De totes maneres, no em venia de gust sortir. Vaig tornar al meu racó i vaig agafar una llanterna per inspeccionar tot el soterrani. Era com tots els altres, encara que feia molta por perquè el passadís central tenia dos revolts. Que estrany que ara, com que no hi havia res a fer, tirés endavant amb la lot, sense pensar-m'hi gens. Abans, quan hi veníem a jugar, només gosava fer-hi un parell de passes, llavors tots els nens feien «uuuhhh» i jo sortia disparat cap a fora. Però suposem que realment s'hi amaguin fantasmes en llocs com aquest: per què haig de pensar que em volen cap mal? Potser el que volen és ajudar-me. Segurament també odien els alemanys.

Les cambres de mals endreços del soterrani estaven buides i tenien les portes obertes. A la llum de la llanterna es podien endevinar les restes de carbó, i al racó, sacs podrits, on potser hi havia hagut patates. Al final del passadís hi havia un finestró al costat del sostre, tapat per la part de fora per les runes de la casa. Vaig pensar que hauria d'agafar una escala per intentar treure la runa. A cada amagatall li caldria tenir una sortida d'emergència.

Vaig triar la cambra més propera a la sortida i la vaig netejar amb l'ajut d'un sac vell. Vaig pensar que allà podria sentir el pare si em cridava des de fora. Des de més endins, no hauria pogut sentir res, ni el silenci dels deserts carrers jueus, ni el brogit del carrer polonès de l'altra banda del mur. Hi vaig col·locar totes les meves coses i vaig decidir llegir al costat del forat d'entrada, a la llum del dia, per no malgastar les espelmes ni les llanternes. Així també podria sentir si algú entrava i tindria temps d'amagar-me més profundament al soterrani.

Vaig passar tot el dia allà, i el pare no va venir. El tercer dia, vaig decidir anar a una de les cases properes a buscar un matalàs. Em vaig acostar a la porta d'entrada, però vaig tenir por de sortir a la llum del dia. I llavors vaig recordar que havíem trobat un passadís que, travessant la paret, conduïa a la casa dels veïns. Abans, el passadís estava tapat per uns taulons. «Ara –vaig pensar–, com que no hi viu ningú, podré arrencar-los.» Vaig trobar el forat, però els taulons no hi eren. Podria ser que la gent que hi vivia hagués intentat fugir per allí quan els alemanys van anar a buscar-los. Vaig entrar a la casa, abandonada i parcialment destruïda. Vaig travessar el replà de l'escala i em vaig quedar quiet un moment, escoltant. No se sentia cap soroll. Vaig mirar d'obrir la porta de davant. Es va obrir. Semblava com si la gent que hi vivia hagués sortit només per un moment i estiguessin a punt de tornar. Cada cosa era al seu lloc. Tot i que estava una mica desendreçat, hi havia, aquí i allà, alguna cosa per terra i tot era ple de pols.

Primerament vaig anar a la cuina. No hi havia res per menjar. Però no estava amoïnat: amb el menjar que em van donar els Grin en tindria ben segur per una setmana, i llavors el pare ja hauria arribat. A la cambra dels nens, hi vaig trobar un munt de llibres; alguns ja els havia llegit, i d'altres no. Vaig agafar una flassada per anar-ho posant tot a dins. També hi havia un armari ple de joguines. Vaig perdre el món de vista i vaig posar-me a jugar, i llavors vaig sentir passes. Algú caminava al pis de dalt. Em vaig quedar glaçat i no em vaig moure de lloc una bona estona, fins que les passes es van anar allunyant i van desaparèixer. «Saquejadors», vaig pensar. Si no m'afanyava, aviat no hi quedaria res, aquí.

Vaig anar inspeccionant els altres pisos de l'edifici. Tots eren oberts. Els alemanys havien manat que les portes quedessin sempre obertes per facilitar la recerca de la gent amagada. Vaig anar mirant per les cuines. La gent s'havia endut el menjar o l'havia ben amagat abans de marxar. Vaig obrir els armaris. Hi havia vestits de dona, d'home, tovalloles, llençols, roba blanca. Un veritable tresor. Vaig començar a agafar coses de cada pis i les vaig anar apilant a baix, al peu de l'escala. La pila es va anar fent gran, però de llibres no en vaig trobar gaires. Es veu que només li agradava llegir al nen del primer pis. Vaig estendre flassades a terra i les vaig emplenar de tot el bo i millor que vaig trobar. Vaig trobar tres vestits magnífics i els vaig agafar tots tres. No sabia exactament quina era la talla del meu pare. També vaig trobar un abric, gran i gruixut, d'home. Vaig anar lligant els fardells i vaig provar d'aixecar-los. Pesaven moltíssim. Què passaria amb totes les altres cases veïnes, plenes de coses bones?, vaig pensar enardit. Com podria emportar-me tot aquell bé de Déu tot sol, sense l'ajut de ningú? De sobte, vaig asseure'm damunt la pila, pensant que feia una gran bestiesa. Per què ho volia? Què en faria de totes aquelles coses? Qui podia saber quant de temps em quedaria al soterrani o quan tornaria el pare. I si tornava, no podríem pas marxar d'aquí amb sacs com aquells a l'esquena. Abans, quan encara hi havia gent i botigues, ho hauríem pogut vendre als polonesos i aconseguir menjar i diners. Però i ara?

Vaig mirar les piles d'objectes que m'havien costat mig dia de treballar de valent i vaig clavar una puntada de peu a una d'elles. Els vestits es van escampar per l'escala.

Vaig fer una altra pila, i vaig posar-hi roba de la meva talla, els vestits per al pare i l'abric, algunes tovalloles i llençols. Vaig trobar una gorra atrotinada de l'exèrcit polonès, igual que les que portaven els gamberros polonesos, i me la vaig posar alegrement al cap. Després vaig fer un paquet de llibres. Vaig portar tots dos fardells fins a l'obertura de l'entrada del soterrani, vaig desfer els paquets i vaig ficar els objectes a dintre, d'un en un, tan estret era el forat. Abans no es fes fosc, vaig tornar per agafar el matalàs. En vaig triar un de tou. Finalment, vaig dur una cadira plegable, que passés pel forat.

A mitjanit em vaig despertar. Havia sentit sorolls. Potser venien del pis on havia estat el dia abans. Vaig estar una bona estona sense dormir. Però ningú no va entrar al número 78.

L'endemà, vaig tornar a la casa veïna. Hi vaig entrar amb molt de compte. Tot estava en silenci. Ja sabia el que volia: menjar i espelmes. No em feia falta res més. Potser també agafaria un llibre. La pila de coses del dia abans havia desaparegut. Els saquejadors havien vingut a la nit i s'ho havien endut tot. Que els fes profit. Als pisos que fins ahir estaven més o menys endreçats, avui estava tot capgirat. Com si hi hagués hagut un pogrom[1]. Vaig palpar la pistola del pare, a dins la butxaca.

1. *Pogrom*. Alçament popular contra els jueus a Rússia, al segle XIX i a la primeria del segle XX. Per extensió, assassinat de gent indefensa per una multitud enfurismada, sovint seguit de robatori.

Vaig pujar fins a les golfes. El pare m'havia dit que de vegades es podia passar d'una casa a l'altra per les golfes, o al pis del mateix replà. Sabia que els habitants del gueto havien obert aquells passadissos per poder-se comunicar durant el toc de queda o bé quan hi hagués algun perill, sense haver de sortir al carrer. Era veritat. De tant en tant, m'aturava per escoltar. Vaig passar d'un pis a l'altre. En un lloc vaig trobar una ganiveta del pa molt grossa i la vaig agafar per a mi. Menjar no n'hi havia enlloc. Vaig agafar de terra una motxilla, la vaig buidar i la vaig emplenar d'ampolles. Després, les vaig emplenar d'aigua. Potser el pare trigaria encara una setmana a venir i em faria por voltar per aquí cada dia. Llàstima. A casa hi havia aigua, a dalt, al «pati» dels ocells, però jo no hi podia arribar.

Van passar tres dies més. Vaig llegir i em vaig menjar el que m'havia donat la família Grin. El menjar començava a escassejar. Ningú no havia entrat a la casa enrunada i el pare no venia, i ja havia passat una setmana. Quan em va dir que no abandonés la casa durant un any sencer, volia dir exactament això o només volia dir durant molt de temps? Vaig treure en Floquet de la seva capsa i ens vam posar a jugar el nostre joc: amagava sota el matalàs una engruna de pa sec, xiulava i ell la trobava. Com quan érem a casa. En Floquet era un ratolí molt llest.

L'endemà a trenc d'alba, amb en Floquet a la butxaca, vaig refer el camí que ja coneixia. Aquesta vegada vaig anar molt més de pressa, malgrat que també m'aturava de tant en tant per escoltar, ja que tenia por dels saquejadors. No en tenia tanta com el dia abans. El cor em va bategar amb força només quan vaig travessar el carrer, a la casa de la cantonada. Com podia saber que no hi havia algun saquejador, un informador o un policia vigilant per atrapar gent amagada, mirant des d'una finestra?

–Floquet –li vaig dir–, si no vols tornar amb la família Grin, i ja saps el que et passaria allà, has de trobar alguna cosa per menjar.

Jo anava darrere d'ell, com si fos un gos caçador, xiulant el meu xiulet de cercar menjar. Aquesta vegada, no vaig baixar als pisos. Vaig decidir començar per les golfes. Nosaltres també havíem tingut un amagatall a les golfes amb provisions. Llavors, en Floquet va desaparèixer. Vaig xiular, però no va tornar. Em vaig estirar a terra, cercant un forat o algun lloc per on hagués pogut passar. Llàstima que no hagués agafat una lot. Era de dia, però a les golfes hi regnava la foscor. Vaig tornar a xiular, una vegada i una altra. Què faria jo si perdia el meu petit amic? Estava a punt de plorar. L'hauria d'haver lligat amb un cordill. Llavors, el pocavergonya va sortir, llepant-se els bigotis.

–Què has menjat?

Ell no podia dir res. Vaig mirar bé el lloc per tots cantons. Sí, hi havia d'haver un amagatall. Es veia clarament que faltava una part de les golfes, però estava fet amb molta habilitat; gairebé no es notava res. Estava més ben fet fins i tot que el nostre. I si hi havia gent a dins? Haurien agafat en Floquet, encara que ell podia haver entrat i es podia haver amagat darrere d'algun sac sense que el veiessin. Potser m'havien sentit i s'estaven quiets.

–Sóc un nen jueu que cerca menjar. Obriu-me! –vaig dir en un murmuri.

No hi hagué cap resposta. Però jo hauria descobert el meu amagatall si hagués sentit un murmuri com aquell? De ben segur que no. Els delators podien haver fet servir un nen d'esquer, o bé podia ser una dona que es feia passar per un nen. Vaig inspeccionar els voltants. Vaig moure un bagul vell i després vaig empènyer una post que semblava fluixa. Ho havia trobat! Era un amagatall petit i estava buit. Hi havia mig sac de patates. Què en faria? Es podien menjar crues? Les vaig tastar. I tant que sí! I llavors, en un prestatge amagat, hi vaig trobar una bossa de galetes. I unes quantes llaunes, potser de sardines. I també llet condensada. I melmelada. I dos pots plens de greix. I una gran bossa de farina. I sucre. En vaig agafar un grapat. Després, em vaig asseure i vaig fer un àpat suculent. En Floquet ja dormia a la meva butxaca.

Algú s'atansava. L'amo del refugi, potser? Em vaig quedar glaçat. S'acostava a poc a poc. Eren dos. Vaig sentir murmuris. Potser eren tres i tot. Un home i una dona xiuxiuejaven. I se sentien unes passes petites, com de nen. La dona va dir:

–Et dic que hi ha algú aquí.

–Marta, seu i no et moguis –digué l'home– i para atenció que no pugi ningú per les escales.

M'havia ben equivocat. Hauria d'haver tancat per dins i posat el bagul i la post a lloc.

–Ah! –va dir veient com menjava i llençant-se sobre el menjar–. Veniu!! –els va cridar.

Van entrar una dona i una nena. La nena portava

un vestit de llunes. Em van ignorar completament, com si no hi fos. Van seure i es van afartar amb el meu menjar a tota velocitat.

–Qui més s'amaga aquí? –va preguntar l'home amb la boca plena.

Llavors vaig entendre per què menjaven tan de pressa. Després, pensant-hi, vaig adonar-me del que hauria d'haver dit: «El meu pare i els meus oncles estan a punt de tornar i si no guilleu ràpid...» O alguna cosa així. Però en lloc d'això, els vaig dir, sense pensar-m'hi gens ni mica:

–Aquest amagatall no és meu, però el menjar l'he trobat jo.

–Jo també l'he trobat –digué l'home.

–Va parar de menjar i començà a ficar-ho tot dins un sac que la seva dona aguantava.

–Aquest menjar és meu!! –vaig cridar.

–O calles d'un cop, estúpid, o rebràs de valent! –va dir l'home, ventant-me una bufa.

–Deixa'l estar, Marc –digué la dona–. I tu no xisclis –va dir dirigint-se a mi.

La nena devia tenir uns vuit o nou anys. No n'estava segur. Em va mirar, encuriosida, mentre menjava sucre. Semblava simpàtica.

Van acabar d'omplir el sac i es disposaren a marxar. Llavors, els vaig dir:

–El menjar l'he trobat jo; no us el podeu endur tot!

–On és el teu amagatall? –preguntà l'home–. Quants sou?

–Només jo –vaig dir.

Aquest cop tampoc no hauria d'haver dit la veritat. Hauria d'haver dit que érem molts i forts i que descobriríem el seu amagatall i ja s'ho trobarien.

–On és? –va repetir l'home.

Em vaig arronsar d'espatlles.

–Dóna-li una mica de menjar –va dir la dona de sobte.

–De cap manera –digué l'home–. No trigaran gaire a atrapar-lo i nosaltres podem passar tota la guerra allà al refugi. Només ens cal trobar prou menjar.

Li va donar a la seva dona el sac que havien emplenat, ell es va carregar el mig sac de patates i van sortir. Jo els vaig anar al darrere.

–Fuig d'aquí! –em digué l'home amenaçant-me amb el puny.

No vaig dir res. Vaig continuar seguint-los de lluny. Ell va deixar el sac i va córrer per atrapar-me. Jo el vaig esquivar d'un bot, corrent cap a un extrem de les golfes. Em va perseguir fins allà i la seva dona i la seva filla van córrer darrere nostre.

–No sabia que hi hagués un passadís aquí –digué l'home–. Es veu que el nen ha vingut de la casa veïna.

–Què li faràs si l'atrapes?

–L'escanyaré –va dir furiós.

–No diguis bestieses. Imagina't si fos la Marta la que voltés sola per aquí.

És que sempre són les dones les que tenen més bon cor? Potser sí. Tret de les amazones, ho vaig llegir en un llibre.

Van tornar a agafar els sacs i jo al darrere, com abans, però vigilant més bé els seus moviments.

–Pare –va dir la nena–. Dóna-li una mica de menjar.

–Prou, Marta –li va dir, però es va aturar i va descarregar el sac.

Va respirar profundament. Llavors va agafar el sac de la seva dona i va triar unes quantes galetes, una llauna de llet condensada i un pot de melmelada. La dona va collir un paper de diari vell de terra, va fer una paperina com les de les adrogueries i a dins van posar-hi sucre.

–Ja n'hi ha prou –va dir l'home, enfadant-se amb ella.

Van deixar-ho tot a terra, i em van cridar perquè anés a agafar-ho. No hi vaig anar. Llavors, van carregar-se els sacs i van fugir. Vaig collir tot el que m'havien deixat i vaig anar-me'n cap a casa. No era pas gaire. Potser em duraria tres dies, amb penes i treballs. Quatre, a tot estirar, perquè avui ja havia menjat. Cada dia comptava, perquè el pare podia venir d'un moment a l'altre.

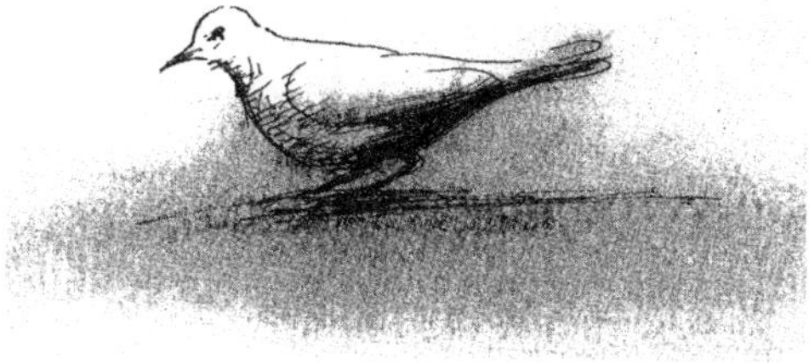

# Capítol 8

## La pistola dispara (de veritat)

Se m'havia acudit tornar a sortir l'endemà, encara que no estava segur de tenir cada dia la sort de cara. Pensava que, malgrat tot, encara podria trobar menjar que hagués quedat en alguna casa. Ho esperava. Ja sortia, al matí, quan vaig sentir trets i el soroll del motor d'un cotxe. Els sorolls venien clarament del nostre carrer i no de la zona polonesa. Vaig decidir restar al soterrani. Em vaig asseure prop del forat, escoltant atentament. Es van sentir uns crits llunyans, i després, de nou el silenci, que va durar fins al migdia. Anaven a la recerca de gent.

Al migdia van arribar al meu edifici. Vaig veure com entraven. Llavors, vaig enretirar-me una mica més endins. Ara he entès què volia dir el vell Barukh quan em repetia: «Un amagatall sense sortida d'emergència no serveix per a res.»

Eren soldats alemanys i policies polonesos. Em va semblar veure també un policia jueu. Els alemanys duien uns ginys estranys. Al cap d'una estona vaig sentir com colpejaven i percudien les parets. Estaven mirant de trobar búnquers, segur. Van arribar al forat que duia al meu soterrani. Van inspeccionar l'entrada. Un d'ells digué en alemany:

–S'hauria d'engrandir l'entrada i veure què hi ha més enllà.

El segon digué:

–Ningú no pot esmunyir-s'hi, aquí dins.

Vaig sentir sorolls i murmuris i després rialles. Vaig mirar amb molt de compte des del meu traster i vaig veure que un d'ells intentava passar pel forat. Pel que es veia, feia riure el seu company. Amb prou feines va fer passar la cama calçada amb una bota. Van voltar una mica per fora. En vaig sentir les passes. Després van marxar. Jo no vaig sortir fins al vespre. Tenia molt clar que el meu amagatall no era prou bo. I llavors, per primera vegada, vaig començar a pensar en els trossos del terra del tercer pis que, sobresortint a la part posterior de l'edifici, penjaven sobre les runes, dins de la casa. Era una idea fantàstica, però jo no sabia volar.

El lloc estava protegit pertot arreu. Ningú no podria veure què s'hi feia, sobre el terra suspès a l'aire, ni des de dins de la casa, ni des de les cases properes ni des del carrer. Només si tragués el cap per la finestra, em podrien veure des de la zona polonesa. Si allà realment hi hagués un rebost com aquell del qual havia trobat les restes al primer pis, podria desar-hi les meves coses i també en Floquet. I si aconseguís pujar fins al pis més alt, el quart, tindria un pis dúplex. I què passaria amb la sortida d'emergència? No podia pas saltar a terra per la finestra, però ho podria fer amb una corda.

Vaig començar a pensar en les cordes. Jo n'era un expert. Se'm va acudir fer una escala de corda. Podria estirar-la darrere meu, una vegada a dalt, i ningú no se n'adonaria, que allà hi havia algú amagat. A qui se li podria acudir que hi havia algú en un tros de terra penjat sobre una casa enrunada? Però com pujaria la primera vegada per lligar l'escala de corda? Hauria de fer, primer, una escala de fusta, ben llarga. No n'estava segur, de trobar fustes prou llargues, però podia unir-ne de petites. Només m'hauria d'aguantar una sola vegada. L'hauria de construir fora, davant les runes, i seria llarg de fer. Es podrien sentir els cops i algú podria entrar a tafanejar. Era una mala idea. De nit se sentirien els cops des de la zona polonesa i potser de dia també. Però hauria de clavar-hi els travessers, vaig pensar. Potser trobaria taulons llargs, si no, els podria arrencar del sostre d'una de les cases. Ara, em tocaria voltar i cercar i fer treballar el cervell, com deia el pare.

Coneixia molts contes de persones i bèsties, generalment de prínceps o de pagesos pobres. Un d'aquests personatges havia fet un favor a una bèstia, un peix, o una abella, que després, al seu torn, l'ajudava a ell. Per exemple, a trobar les claus que hi havia al fons del mar. Vaig contemplar els ocells que volaven per sobre del quart pis, però no se'm va acudir cap favor que jo els pogués fer. I encara que se me n'hagués acudit cap, tampoc no hauria servit de res.

Vaig anar-me'n a sopar i a dormir. Vaig fer voltes i més voltes sobre el matalàs fins que vaig agafar el son. A la nit, no, ja era gairebé de dia, vaig somniar que estava enfadat amb els ocells aquells que em despertaven cada dia tan d'hora. En el meu somni, vaig agafar una pedra i els la vaig llençar. Ho vaig fer una vegada i una altra. Una de les pedres va travessar la finestra i va passar volant cap a la zona polonesa, anant a topar amb el pinxo polonès que ens tirava pedres abans de les deportacions. El xicot va començar a xisclar amb veu de dona espantada. Llavors em vaig despertar. A fora ja llustrejava i realment hi havia, al carrer, una dona cridant. No al costat polonès; al nostre carrer, no gaire lluny. Els crits s'anaven allunyant cada vegada més.

Ja sabia com pujaria l'escala cap a dalt. Molt senzillament. Abans, quan no sabia com resoldre una endevinalla o bé un problema de mates, el pare em deia:

–Fill meu, consulta-ho amb el coixí.

I només m'ajudava si, fent-ho com em deia, malgrat tot no en trobava la solució.

Tenia un pla. Aniria a la fàbrica de cordes, encara que fos tan lluny i que s'haguessin de creuar tres carrers pel camí. Vaig decidir que si volia fer-me un bon amagatall, hauria de córrer algun risc. Portaria cordes, aconseguiria eines per treballar en alguna de les cases i serraria fustes per fer els travessers de l'escala. Taulons curts no em costaria pas de trobar-ne. Els hauria de serrar ben endins del soterrani. Si jo des d'allà no sentia cap soroll, tampoc se'm sentiria a mi quan serrés. Per més seguretat, serraria de dia, quan el carrer polonès seria sorollós com sempre.

A més de la corda gruixuda per a l'escala, en duria també de prima i llarga. A un extrem d'aquesta corda hi lligaria una pedra que llençaria fent-la passar per la finestra del tercer pis, allà dalt. Potser no ho aconseguiria a la primera, però tard o d'hora l'encertaria. Però no ho faria de dia. Ho faria de nit, perquè des del costat polonès no veiessin com de sobte sortia una pedra per una finestra i baixava a poc a poc per la paret de fora, penjant d'una llarga corda.

La pedra arrossegaria la corda cap avall, jo l'agafaria i a poc a poc l'aniria estirant fins que arribés a una finestra més baixa on jo pogués arribar. Llavors, podria lligar l'escala a la corda i hissar-la estirant l'extrem on hi havia la pedra. Després, asseguraria ben bé aquest extrem i ja podria grimpar per l'escala.

I si hi hagués un vigilant, a la fàbrica? Hauria de córrer el risc. Així ho vaig explicar a en Floquet mentre l'alimentava amb engrunes de galeta untades amb greix del pot. Li vaig acaronar suaument el pèl blanc, explicant-li el que tenia pensat de fer. El vaig tancar a la seva capsa, vaig agafar la pistola i vaig sortir cap a casa els veïns. En primer lloc, vaig voltar pels apartaments cercant eines. Vaig trobar una mena de caixa, com una maleta, amb una creu vermella a la tapa, però només hi havia benes i medicines. En un altre pis hi havia un petit magatzem amb eines. Vaig agafar una serra i unes quantes eines més per si les havia de menester alguna vegada. Vaig amagar-ho tot en un racó, sota l'escala, i vaig continuar el meu camí.

Vaig caminar de pressa i sense prendre precaucions fins a la casa de la cantonada, ja que coneixia molt bé el camí. No em vaig aturar a escoltar ni una sola vegada. Fins que vaig arribar a les golfes on m'havien pres el menjar. Una mica abans de sentir cridar, ja m'havia adonat que alguna cosa no anava bé. Potser havia sentit alguna fressa i no hi havia parat atenció. Una nena petita cridava:

–Pare!

No xisclava com els nens que volen que el seu pare vingui. Era un crit demanant auxili. Em vaig aturar. En el primer moment, hauria volgut fugir. Llavors, pensant que potser era la petita Marta, vaig anar en la direcció d'on venia la veu. Des d'on era vaig sentir unes rialles d'home. Vaig acostar-me al forat que conduïa a les seves golfes. En la penombra que regnava a l'altre costat vaig veure un home de grandària considerable amb un gran sac a l'esquena i que agafava una nena pel braç. Vaig afuar la mirada. No li vaig poder veure la cara, però vaig reconèixer el vestit de llunes. No m'ho vaig pensar dues vegades, vaig treure la pistola, la vaig carregar i vaig deixar anar el fiador. L'home va dirigir la mirada en direcció al forat en sentir la percussió. Llavors vaig dir, amb la veu més greu que vaig poder fer sortir del meu coll:

–Deixa-la estar!

I vaig disparar. Em vaig espantar molt. Realment disparava. La bala va tocar la paret i vaig sentir com saltaven resquills de guix. I una olor estranya. Potser era l'olor de la pólvora de què el pare m'havia parlat. Per primera vegada des que havia vist la pistola, m'adonava que podia disparar de veritat. Es veu que fins a aquell moment no ho havia cregut del tot.

El resultat va ser instantani. Aquell home fort va deixar anar la nena, va llençar el sac i fugí cames ajudeu-me. Si no m'hagués espantat tant amb el tret, hauria esclatat a riure. La Marta estava glaçada d'espant. Jo estava segur que hauria volgut fugir com l'home, però ni es va poder moure.

Vaig travessar el forat.

–Sóc jo –vaig dir-li–, el nen a qui vau prendre el menjar. No te'n recordes?

M'hi vaig acostar i ella es féu enrere, com si jo fos un soldat alemany.

–Aquell dia estaves menjant sucre i el teu pare em volia atrapar, no te'n recordes? Et dius Marta.

La nena es va aturar.

–Qui cridava abans?

Vaig voler tornar a parlar amb la veu gruixuda d'abans, però no ho vaig aconseguir. Malgrat tot, em va sortir força greu.

–T'he preguntat una cosa.

Em va semblar que reia.

–I què ha estat aquest espetec? –va preguntar.

–He llençat una pedra contra una llauna –li vaig explicar.

–Semblava com... com si fos un tret de debò –digué amb veu tremolosa. Fins i tot ha caigut alguna cosa aquí, a la paret –va dir assenyalant darrere seu.

No li vaig contestar.

–Què farem si torna a venir? –digué amoïnada.

–D'on has sortit?

–Del nostre amagatall. Els pares han sortit a cercar menjar i m'han prohibit sortir, però jo no els he fet cas. És tan estret i fosc el lloc, que volia caminar per fora. I de sobte, ha aparegut aquell home.

–Vine, entrarem al vostre amagatall fins que tornin els teus pares –li vaig proposar.

No em contestà. Després, se'm va acostar i em va dir en un murmuri:

–No puc descobrir a ningú el nostre refugi. Si ho feia, el pare em mataria.

–Molt bé –li vaig dir–, anem a les golfes d'aquí al costat i ens hi amagarem, en algun racó.

–I si quan arribin els pares no em troben a dins?

Tenia tantes ganes de xerrar amb algú, encara que només fos amb aquella nena! Però no la vaig poder convèncer que es quedés. De totes maneres, vaig mirar d'allargar la conversa tant com vaig poder.

–Quants anys tens?

–Nou.

–Te'n feia vuit.

–Sí, és perquè sóc baixeta. I tu, quants en tens?

–Dotze. Bé, onze i mig. On vivíeu abans?

–Al gueto.

Em va explicar com vivien al gueto i com havien viscut abans de la guerra. Després em parlà de totes les seves nines, que havia hagut de deixar a casa seva. Només n'hi havia quedat una, i una altra que el seu pare havia trobat en un dels habitatges. Li vaig parlar del meu ratolí blanc. Ella es va espantar.

–El toques amb la mà?

–És clar que sí.

–I no et mossega ni t'encomana malalties?

Allò em va fer riure. Havia oblidat que a molta gent li fan por els ratolins, igual que al vell Barukh.

–Saps que la gent cria ratolins des de tres mil anys ençà?

–Com ho saps?

–Ho diu l'enciclopèdia.

–He de tornar a l'amagatall –digué de sobte.

M'hi vaig avenir, fent un cop de cap.

–Cap a on aniràs, ara?

–He d'arribar lluny, fins a la fàbrica de cordes, a agafar-hi una cosa.

–No tens por?

–De vegades.

Llavors, es tragué una agulla del cabell i me la va donar. Després se'n va anar. Vaig mirar com baixava per les escales. Després, em vaig acostar a un lloc il·luminat per mirar el regal. Ni el meu nom, no li havia dit.

# Capítol 9

## Els saquejadors

De les golfes que hi havia a la fàbrica es baixava per una escala mòbil. Vaig comprovar si era prou segura, com el pare m'havia ensenyat de fer, i vaig baixar cap avall. Anava de puntetes. Tot era tancat i barrat. La porta del magatzem també. Vaig mirar cap al pati i hi vaig veure el vigilant. Estava assegut en un banc, sota un salze, fumant. Portava un abric de pell i calçava botes. No el coneixia pas. Mai no l'havia vist per la fàbrica, abans. Jo hauria volgut entrar al magatzem, que estava tancat, per una de les finestres que donaven al pati, si n'hi hagués hagut alguna d'oberta i si al pati no hi hagués hagut cap vigilant. Si... si... Vaig decidir, amb recança, tornar enrere i anar recollint les cordes d'estendre la roba que trobés, de camí cap a casa, per les golfes. I que passés el que hagués de passar. Amb les cordes d'estendre se'n podria fer una de ben gruixuda. De totes maneres, no em vaig moure de lloc.

La nostra fàbrica havia estat una mica com una llar. Pertanyia als alemanys, però en Barukh, el pare i jo hi havíem treballat des de l'hivern. El vigilant va aixecar el cap, mirant cap a la finestra on era jo, com si notés que algú l'estava mirant. No em vaig bellugar; vaig continuar allunyat del vidre. Ell no em veié. Es va estar assegut una estona i després s'aixecà i es posà a caminar pel pati. Algú va picar a la porta de ferro de l'entrada. No un sol cop; dues vegades, va picar. Una pausa. I després, cinc cops seguits. Una altra pausa. Un altre truc. El vigilant s'acostà a la porta i la va obrir, grinyolant. El coneixia molt bé, aquell grinyol.

Van entrar dues persones esverades.

–Us ha vist algú? –va preguntar el vigilant, indignat–. No us he dit que vinguéssiu quan fos fosc?

Ells es van excusar. No vaig sentir del tot el que van dir perquè em donaven l'esquena. Parlaven a mitja veu. Llavors, el vigilant va entrar a la porteria. Per si de cas, vaig pujar al pis de dalt. Vaig sentir com obria la porta del magatzem. Al cap d'una estona, van començar a llençar fardells de corda al pati, des d'una de les finestres. «Són lladres», vaig pensar. Després vaig veure com llençaven uns sacs buits. Van sortir tots tres, van emplenar els sacs amb les cordes i els van lligar. Hi havia cordes gruixudes i primes, exactament les que necessitava.

Van arrossegar els sacs fins a la porta d'entrada. No vaig poder veure què hi feien allà. Vaig sentir com s'obria la portella i com es tancava seguidament fent un batzac. Després, les passes de tots tres que s'allunyaven carrer enllà. Ara tot estava en silenci. Vaig baixar ràpidament cap a la porta, vaig agafar un sac, però era massa pesant per a mi. En vaig aixecar un altre, amb la meva navalla vaig tallar la corda que el lligava per veure què hi havia a dins. Després de tornar-lo a lligar, el vaig arrossegar cap a les escales, amunt. Només fent un gran esforç vaig aconseguir pujar-lo per l'escala de ferro. Una vegada a dalt, la vaig estirar. Era exactament l'escala que necessitava per arribar del tros de sostre del tercer pis al tros del pis de més amunt. Vaig transportar el sac i després l'escala al passadís que sortia a la teulada. L'escala vaig deixar-la allà. No la podia portar per les teulades a la llum del dia. Senzillament, era impossible caminar de pressa i ajupit amb una escala tan grossa i pesant sobre els taulons que utilitzaven els escura-xemeneies per desplaçar-se per allí. Vaig pensar que tornaria de nit a agafar-la.

Vaig passar, carregat amb el sac, per davant de la nostra antiga casa. No vaig dubtar gens ni mica. Abans, d'anada, ja havia volgut baixar a donar-hi un cop d'ull. Fins i tot podia baixar al búnquer, a demanar una mica de menjar als Grin. A casa, tot estava cap per avall. Tots els objectes de valor havien desaparegut. Els mobles estaven fora de lloc. Feia mal al cor de veure-ho. Era com qualsevol de les cases que havia vist fins ara. I per què havia de ser diferent? Vaig anar al lavabo a trucar a la família Grin. Només pensar en ells ja em treia de polleguera.

Al gueto, abans de les deportacions, m'aguantava la respiració quan passava davant algú que no m'agradava. És clar que no els coneixia, però ho notava. No m'aguantava la respiració perquè fessin pudor, sinó perquè no volia el seu «aire» dintre dels meus pulmons. I no tornava a respirar fins que havia passat davant meu el darrer alè d'aire que arrossegaven al seu darrere, i que m'imaginava com una cua. Quan vam conèixer la família Grin, tot seguit vaig aturar-me la respiració. Després, quan venien de visita a casa nostra i seien, ja no ho podia fer. Finalment, vam construir junts el búnquer i no em va quedar altre remei que respirar sempre que ells hi eren. Malgrat tot, no vaig aconseguir estimar-los.

El vàter havia estat arrencat del seu lloc i hi havia un gran forat a terra. Em vaig veure a venir el pitjor. Ja em penedia de totes les coses dolentes que havia pensat d'ells. Pobre Iossi. L'escala de fusta que el pare i jo vam fer, amb les potes serrades de les cadires, era al seu lloc. Vaig baixar. A dins era fosc i hi havia una olor estranya. No hi havia ningú; estava buit. Potser llavors, quan cercaven amagatalls al soterrani, havien anat per tot el carrer. O potser els havien delatat. No volia pensar quan havia passat. Però no podia deixar de pensar en els trets que havia sentit seguits d'un crit de dona. Potser només va ser un crit i prou.

Vaig trobar espelmes i mistos en el lloc que ja sabia. A la llum d'una espelma, vaig obrir el rebost. No hi havia quedat res. Llavors vaig anar cap a l'amagatall del menjar d'emergència. El lloc estava destrossat i buit. Algú sabia on era el búnquer i també on emmagatzemàvem el menjar. Potser el pare havia estat aquí? No. Vaig recordar que hi havia un altre home, un antic obrer de la construcció, que ens va ajudar a bastir el sostre. Però ja feia temps que l'havien deportat. O potser no, i era un delator?

Vaig córrer cap a l'escala. No volia quedar-me allà ni un sol instant més. Pel camí vaig ensopegar amb alguna cosa i vaig caure. L'espelma també va caure i es va apagar. Vaig palpar pel meu voltant. Hi havia alguna cosa tova. Vaig tornar a les palpentes cap a on hi havia les espelmes i aquesta vegada vaig decidir emportar-m'ho tot. Havia ensopegat amb una petita motxilla que havia estat d'un dels nens. Potser d'en Iossi. La vaig agafar i vaig pujar corrent les escales, sense deturar-me ni un moment, fins que vaig arribar a les golfes. Em vaig asseure sobre el meu sac de cordes, panteixant una bona estona.

Dins la motxilla hi havia una ampolla d'aigua, quatre llaunes de llet condensada i les coses habituals: galetes, terrossos de sucre, un pot de greix, xocolata. També hi havia un osset amb el qual dormia sempre en Iossi. La motxilla tenia les corretges trencades; hi vaig lligar un tros de corda i vaig posar-me en marxa.

Primer vaig intentar arrossegar el sac i la motxilla alhora, travessant d'una golfa a l'altra pels passadissos. Però em vaig cansar molt aviat i les vaig haver d'agafar d'una en una, primer la motxilla d'en Iossi, després el sac de cordes. De tant en tant, per variar, ho feia a l'inrevés.

A fora, de mica en mica s'anava fent fosc. No plovia, malgrat que al matí havien caigut quatre gotes. Ja havia arribat a la casa de la cantonada del segon carrer, entre la fàbrica i la meva casa enrunada. Portava el sac de cordes. Havia baixat la motxilla i la tenia amagada darrere la porta d'entrada. De sobte, darrere meu, algú va fer un bot corrent cap al forat, sense veure'm, en la foscor del vestíbul. Un altre home el seguia de molt a prop i el va aconseguir. Van començar a discutir, primer en veu baixa, després cridant. Jo, a poc a poc, em vaig anar fent enrere, fins a quedar amagat dins una habitació. Vaig estar a punt de xisclar. Allà hi havia un tercer home i a la tènue llum que venia de la finestreta vaig poder veure que arrapava uns vestits d'home. Es va posar un dit damunt els llavis, fent-me senyal que callés. Ho vaig fer.

## 87

Tots dos estàvem atents al que passava al vestíbul. Del que se sentia, vam poder entendre que la discussió era sobre una caixa dc joics. De les paraules i els crits, van passar a les trompades. I llavors, un d'ells va cridar:

–No!, pocavergonya! Desa't el ganivet!

Després vam sentir:

–Jesús!

I tot seguit, un cop sec. Després, les passes d'un home que s'allunyaven. El saquejador que hi havia a l'habitació, amb mi, em va dir que em quedés quiet allà on era. Per la manera com em parlava, vaig veure que es pensava que jo era un dels saquejadors polonesos.

–Aniré a veure si és viu o mort.

Quan va marxar, vaig esperar un segon, per assegurar-me que ja no hi era, i vaig arrencar a córrer cames ajudeu-me. Però de tant que m'afanyava a salvar la vida, vaig equivocar-me de direcció i vaig anar a topar contra ell.

–Volies fugir de mi? –em va preguntar.

–Sí –li vaig dir.

No em feia gens de por.

–Vine, marxem d'aquí –va dir eixugant-se els dits en una cortina.

Vaig caminar al seu darrere i tots dos vam sortir al pati. Ell es va asseure en una butaca que hi havia per allà llençada i es va posar els vestits sobre els genolls. Jo em vaig quedar dret al seu costat, somrient. Vaig recordar el consell de la mare: «Sigues amable amb la gent; confia en ells. Despertaràs la bondat del seu cor i no et faran cap mal.» Però el pare em deia: «Respecta'l, encara que no confiïs en ell.»

–I doncs, noi, què hi duus en el sac?

–Cordes –vaig dir.

–De la fàbrica?

–Sí –vaig dir.

–Què en faràs, de les cordes?

–El meu pare les necessita.

–Ja li pots dir al teu pare que hauria d'haver vingut ell, en lloc de posar en perill la vida d'un nen.

–Si li digués això, m'estomacaria –vaig dir.

L'home va sospirar. El seu «aire» no em despertava cap sospita.

–Molt bé –digué–. Com el duràs a fora?

El pare m'estarà esperant amb una escala al costat del mur –vaig dir–. I vostè, senyor?

–Sé d'un passadís segur –em digué l'home, després de pensar-ho un instant–. Et diria on és, noi –digué–, però igual que tu desconfies de mi, jo també desconfio de tu. A la guerra com a la guerra. El passadís que jo sé, no l'han de descobrir mai els alemanys. És una llàstima, oi?

I tant que ho era! Vaig arronsar les espatlles i li vaig preguntar si volia que li expliqués un acudit.

Ell va riure i contestà:

–I tant que sí, mentre no sigui groller.

Vam riure tots dos. Llavors, vaig explicar-li l'acudit dels dos homes que estaven discutint. Un d'ells deia: «És de dia!» L'altre deia: «No, és de nit!» «Et dic que és de dia!», deia el primer. «Però, no ho veus, que ara és de nit?» Van continuar discutint, fins que va passar per allí un tercer home. El van aturar i li van dir: «Perdoni, senyor, ara és de dia o de nit?» Ell va rumiar un moment i contestà: «Ho sento molt, no sóc d'aquí.»

Vam tornar a riure plegats.

Això ho vaig fer seguint l'ensenyança del pare. «Amb els polonesos s'hi ha de parlar amb seguretat, amb una mica de desvergonyiment i tot, i fer-los riure.»

Jo no sabia com fer riure la gent, així que li vaig explicar l'acudit, i va tenir èxit.

–No et puc dir on és el meu passadís secret, noi –va dir– però si un dia necessites ajut, vine a veure'm i faré el que podré. I em donà la seva adreça. Jo coneixia el carrer on vivia. Abans de la guerra, quan anàvem a casa l'àvia, passàvem per aquell carrer. No era gaire lluny de la casa enrunada, si no hi hagués hagut el mur que separava el gueto de la zona polonesa.

–Demana per en Bólek. Sóc el porter. I tu, com et dius?

–Àlex.

De sobte, es va aixecar i se m'acostà. No em vaig moure. Va palpar el sac que duia a l'esquena i va dir:

–De veritat són cordes.

Llavors ens vam separar. Ell se'n tornà amunt, casa endins. Jo vaig sortir al carrer i vaig travessar corrent cap a l'altra banda. Després, vaig tornar per agafar la motxilla. Era estrany que un home agradable com aquell anés a robar roba. Potser abans de la guerra havia estat mestre. Què no faríem per guanyar-nos la vida? Però la mare sempre deia que els diners no ho són tot!

# Capítol 10

## El rebost i el pati dels ocells

L'endemà al matí, d'hora, quan començava l'activitat diürna al costat polonès, vaig recollir fustes dels voltants i les vaig dur ben endins del soterrani per tal de serrar-les i fer-ne travessers per a l'escala. Quan serràvem, amb el pare, jo només aguantava la fusta, o bé quan fèiem servir la serra doble jo agafava el costat fàcil i ell el més difícil. Ara, tenia una serra de mà no gaire grossa. Vaig subjectar la fusta amb el peu i vaig començar a serrar. Primer serrava massa de pressa i em cansava, però aviat vaig trobar el ritme de treball adequat i la feina va avançar ràpidament.

No em va ser difícil fer l'escala de corda, ja que era especialista a fer tota mena de nusos: n'havia après al magatzem de la fàbrica. El problema era que no sabia quina llargària havia de tenir l'escala, i per tant, a quina mida hauria de tallar la corda llarga. Vaig agafar un pal per intentar mesurar la llargada. No tota de cop. Per començar vaig mesurar des del primer terra fins a la finestra, pel costat, és clar, perquè no em veiessin des de la zona polonesa. Després vaig mesurar la finestra. Finalment, vaig calcular la distància entre la finestra i el terra amagat entre les runes i n'hi vaig afegir una mica més per si de cas. Pel que jo sabia, tots els pisos d'una mateixa casa tenien la mateixa alçada. Si hagués tingut un metro, hauria pogut mesurar-ho millor, però em vaig espavilar sense.

Estava actuant sense prendre gaire precaucions. Voltava per les runes com si ningú no m'hi hagués pogut sorprendre entrant des del carrer. Me'n vaig adonar i vaig decidir ser més caut. No podia sofrir pensar que el pare podia venir i, en no trobar-me, pensar que m'havia mort.

Quan l'escala va estar llesta i abans de fer-se fosc, vaig anar a parlar amb en Floquet. Realment, havia serrat massa fusta. Vaig llençar els travessers que no em calien en una de les cambres del soterrani. Aquesta vegada, en Floquet i jo no vam parlar del que faríem quan s'acabés la guerra. Tampoc no li vaig explicar els vells acudits, que ni a mi ja no em feien riure. Només vaig intentar explicar-li com ho faria per pujar l'escala fins a dalt. Era una llàstima que no ho pogués fer a la llum del dia, perquè podria encertar molt bé una diana tan gran com la finestra amb una pedra. No estava segur de tenir llum suficient, ni sabia quan sortiria la lluna. A la zona polonesa també apagaven els llums, com a la nostra, a causa de la guerra amb els russos.

Tan bon punt es va fer fosc, vaig dur a terme el meu pla i tot va sortir perfecte.

Vaig lligar una pedra a la corda prima i la vaig llençar. La primera vegada no la vaig encertar, perquè la pedra va tocar al pis de baix que era damunt meu. Des d'ara, anomenaré el tercer pis el pis de baix, i el quart pis, el pis de dalt, així serà més senzill.

No li havia pas promès a en Floquet que ficaria la pedra per la finestra a la primera. Vaig aconseguir-ho al tercer cop. Després, tot va anar rodat. Realment la pedra va arrossegar la corda enfora, per la paret de la casa, fins que la vaig veure destacant-se contra el firmament, baixant per la finestra del pis de baix. Vaig lligar-hi l'escala i vaig començar a estirar. Quan el primer travesser va arribar al pis de baix, vaig lligar la corda molt ben lligada a una biga que sobresortia de les runes. Encara no era ben bé una escala; com que estava agafada només per una corda, penjava de costat i era com si estigués planxada. Així i tot, els extrems dels travessers, que penjaven cap avall, em van ser útils per enfilar-me. Oh, quina meravella de terra era! És clar que ple de brutícia. Vaig començar a netejar-lo a puntades de peu, però em vaig aturar tot seguit. A la nit no es podia fer soroll. Vaig lligar ben bé l'escala a una canonada que vaig trobar al costat de la paret. Potser era una canonada d'aigua o només un senzill tros de ferro. Em feia por encendre la lot més d'un moment, encara que fes pantalla amb la mà. Ara, l'escala estava penjada tal com calia, recta i gronxantse, com la d'un vaixell. Vaig baixar i pujar, baixar i pujar. Vaig trigar una mica a aprendre a pujar-hi amb agilitat. De totes maneres, l'escala no era com si fos de ferro o de fusta. Però, al cap d'uns quants dies, hi pujava i hi baixava com un llampec.

Va anar força bé que la fes una mica més llarga, ja que la distància del pis de baix fins a les runes era mes gran que la del costat de la paret, on jo ho havia mesurat. No hi havia pensat, en aquesta possibilitat. L'escala feia ben bé un pis i mig. Tenia tretze travessers. Un número de la sort. No ho era per a tothom, però per a mi, sí.

El vell Barukh, per exemple, m'havia explicat que totes les coses dolentes li havien passat en dia tretze, en el tretzè mes de l'any, o a la tretzena hora del dia. Li vaig dir que no existia l'hora tretzena i ell em digué que sí, que era la una del migdia. Això ho puc comptar. Però llavors no vaig adonar-me que el mes tretzè no existia de cap manera. La mare va dir que, naturalment, era una superstició, però que si algú hi creu, pot influir en els resultats.

–T'hi has fixat, maca, que en el nostre carrer el número 13 no existeix? –li digué el pare.

La mare no se n'havia adonat. A la nostra vorera, l'11 i el 15 eren correlatius. Cap propietari volia el número 13, perquè cap llogater no hi hauria volgut viure. No vaig poder-me esperar i vaig sortir tot seguit per comprovar-ho.

El meu rebost es corresponia amb les restes del rebost del pis de baix i tenia les portes en bon estat. Oh, i que espaiós era per dintre! Vaig encendre-hi una espelma per veure si la llum traspuava per alguna escletxa. Només n'hi vaig trobar una. La vaig tapar i vaig tornar a repetir la prova. Ara, tot era fosc. Així, mataria dos pardals d'un tret: no em descobririen i, a més, mantindria la foscor nocturna.

També hi havia uns prestatges a un costat del rebost. Era com una casa de veritat, on es podien guardar coses i dormir i tancar la porta. Referent a la sortida d'emergència, fóra ben senzill. Agafaria una corda i la lligaria a la canonada. Si hagués de fugir, la trauria per la finestra, la faria baixar per la paret i hi lliscaria fins a baix. Però això ho vaig deixar per l'endemà.

Vaig baixar al soterrani i li vaig dir a en Floquet:

–Demà ens canviem de casa.

Quan ens vam traslladar de casa nostra al gueto, la mare em va dir rient:

–Demà ens canviem de casa.

Però vaig veure que tenia els ulls a vessar de llàgrimes. Va mirar d'explicar-me que ho passaríem molt bé a la casa nova, ja que era tan petita que viuríem tots tres junts en una sola cambra, amb una cortina penjada entremig. No havia volgut dormir sempre a la seva habitació? Sí, tenia raó. Sempre ho havia volgut.

El pare digué:

–El més important és que estiguem sans i estalvis.

Li vaig explicar a en Floquet que l'escala ja era penjada i que només... no vaig acabar la frase. Sí, veritablement era allà, penjada en la foscor. Si durant la nit algú entrava per la porta i caminava per les runes potser no la veuria, però, què passaria demà al matí? I si tornaven a escorcollar pels voltants? No, no la podia pas deixar penjada. Però com podria fer-la pujar i després baixar a dormir al soterrani? Baixant per una corda? I com ho faria l'endemà? Com la tornaria a baixar? No tenia prou esma per pensar tantes coses en un sol dia. Vaig agafar la meva flassada, un llençol per estendre sobre la brutícia, un coixí, un cobrellit per embolicar-m'hi i la capsa amb en Floquet, és clar. Vaig fer-ne un fardell i me'l vaig lligar a la cintura amb una corda. Vaig enfilar-me, fent un gran esforç. Després de rumiar-m'ho un moment, vaig tornar a baixar, i vaig posar en un sac la mica de menjar que encara em quedava. Això era el que m'amoïnava més. En arribar a dalt amb totes les coses, amb gran solemnitat vaig estirar l'escala cap amunt i vaig tancar la porta.

Al rebost hi havia dos forats de ventilació. Eren dues obertures rodones, amb unes tapetes metàl·liques que es podien obrir i tancar. Com els de la nostra antiga casa. Me'n vaig anar a dormir amb l'agradable sensació de tenir-ho tot.

L'endemà al matí, en fer-se de dia, tot just sentir els cotxes i els carros al costat polonès, més enllà del mur, vaig netejar ben bé el terra, llençant la brutícia cap avall i afanyant-me per acabar aviat i poder pujar les meves coses. Vaig pujar els vestits, les ampolles d'aigua i els llibres. El matalàs no vaig poder-lo pujar i vaig decidir portar, al seu lloc, uns quants edredons de les cases veïnes. Llavors, se'm va acudir provar l'aixeta. Si a baix hi havia aigua, per què no n'hi hauria d'haver aquí?

A la una, a les dues, a les tres! Vaig girar la maneta. Hi havia aigua! Com al pis de dalt, el dels ocells. Havia arrossegat les ampolles plenes d'aigua, que pesaven tant, sense pensar-hi. Si hi havia aigua a dalt, és clar que n'hi havia d'haver a baix. Qui no té cap, ha de tenir cames. I tant, si em feien mal les cames, d'anar amunt i avall!

Quan ja ho tenia tot a dalt, vaig veure que tindria un problema. Què faria, quan hagués de baixar per anar a cercar alguna cosa, per no deixar l'escala penjant, com ahir? Vaig fer una prova. Vaig lligar una corda al darrer travesser de baix de l'escala i la vaig passar per una rodella metàl·lica que hi havia a la part de baix de la finestra del pis de dalt i que havia servit per tancar-la. Vaig estirar l'escala. Es va doblegar i va pujar només una part; l'altra va quedar penjant i, a més, també es veia la corda. Aquest segon problema és el que vaig resoldre primer. L'edifici era antic, com a casa nostra, i tots els cables elèctrics, que estaven subjectats al mur per la part exterior, ara penjaven, arrencats i trencats. Vaig substituir la corda per un d'aquests cables. Quan pengés per la paret, no despertaria cap sospita. D'això n'estava ben segur.

Vaig anar fent proves amb l'escala. A poc a poc, va anar prenent forma una solució. Vaig passar el cable elèctric per una barra metàl·lica que sobresortia del terra del pis de dalt, és a dir, pel meu sostre. Llavors, vaig anar aixecant l'escala fins que gairebé va arribar fins a la barra metàl·lica i la vaig deixar que pengés a terra, al costat del rebost. Aquest arranjament va durar fins al final. Només una vegada vaig haver de canviar el cable perquè estava a punt de trencar-se. Per agafar-la des de baix, senzillament, només lligant un altre cable elèctric al darrer travesser i estirant-lo, l'escala baixava tot seguit.

Quan vaig acabar tota aquesta feina, estava mig mort de cansament, de tant pujar amunt i avall per l'escala carregat amb totes aquelles coses tan pesants. I també de l'angúnia que tenia, tota l'estona mirant cap a la porta, i per l'esforç mental que havia hagut de fer per solucionar tots els problemes. El pare s'hauria rigut de mi, en sentir-me dir això darrer. Però la mare deia que fer un treball intel·lectual cansa tant com qualsevol feina pesada. La mare ho havia de saber, perquè ella feia aquesta mena de feina.

El mateix dia vaig anar encara a la casa veïna i vaig portar dos edredons grans i flassades primes per estendre-les a terra i per tapar les portes per dins. A la nit, vaig tancar les portes i vaig donar menjar a en Floquet. Després, el vaig deixar que voltés lliure per la cambra. No podia pas sortir. Llavors, em vaig ajeure per dormir. Aquí dalt hi arribava el soroll del carrer polonès. Abans, a baix, al soterrani, amb prou feines sentia alguna cosa. Ara, podia sentir veus, llunyanes, ja que estava més alt que ells, però de vegades podia arribar a entendre què deien. Vaig apagar l'espelma i vaig obrir el forat de ventilació. Va sortir la lluna i vaig poder veure el carrer sencer, fins i tot les botigues que sempre havien quedat amagades pel mur. Tot era fosc, per evitar els bombardeigs, i buit, a causa del toc de queda. De sobte, vaig veure algú que caminava arran de mur. Tot seguit, s'obrí una porta i un quadrat lluminós es va projectar sobre la vorera i el carrer. A dins, hi vaig veure una habitació gran, plena de fum i de gent asseguda en unes tauletes. Ara ja sabia que la música que de vegades havia sentit no venia d'una ràdio, com sempre m'havia pensat, sinó d'aquell lloc, que devia ser una mena de taverna, o alguna cosa així. La porta es va tancar immediatament i tot restà fosc. A l'exterior hi regnava un silenci de mort. Però dins les cases hi vivien polonesos.

Vaig dir a en Floquet que l'endemà aniria a la fàbrica per agafar l'escala metàl·lica. Volia tenir dos rebosts i una terrassa plena d'ocells.

# Capítol 11

## El búnquer

Vaig decidir llevar-me ben d'hora, a trenc d'alba, quan el cel encara era gris. Em semblava que tan d'hora, encara no voltaven per les cases veïnes els saquejadors polonesos, i els nocturns ja haurien marxat a dormir. Però no em vaig despertar, malgrat la piuladissa dels ocells al pis de dalt. Vaig sortir del rebost. A fora feia un dia de tardor molt bonic. Em vaig estirar, badallant. Vaig mirar cap avall, però no es veia la porta d'entrada, senyal que, si algú entrava, tampoc no em podria veure a mi. Em vaig avançar una mica i la porta es féu visible. També podia veure les runes sota meu, detalladament. Em vaig agenollar i amb un llapis vermell que havia trobat a la cambra dels nens de la casa veïna vaig fer una ratlla a terra que no havia de travessar estant dret. Després, en vaig fer una altra de color verd, que podia travessar agenollat.

Em vaig asseure a menjar a la porta del rebost i també n'hi vaig donar a en Floquet. De sobte, vaig sentir un cotxe que s'acostava pel carrer, pel costat del gueto. Ho vaig entrar tot a dins i vaig tancar, encara que sabia que no es podia veure el rebost des d'enlloc, només si haguessin portat una escala per pujar al mur del davant, cosa impossible per l'estructura de l'edifici, així que em vaig quedar a fora, estirat a terra.

Van anar directes a casa meva. Potser portaven el cotxe per posar-m'hi? O potser creien que hi havia molta gent aquí? Els dos dies darrers m'havia mogut massa. Potser algú havia sentit fressa, encara que havia vigilat de no fer-ne. Potser algú m'havia vist mentre estava ocupat amb l'escala i no havien pogut venir fins ara a investigar. Llençaria el cable pel darrere i miraria de fugir. Ja estava disposat a fer-ho, però en Floquet era dins. L'hauria d'haver deixat fora, però ara em feia por bellugar-me.

Un gran nombre de persones van entrar a les runes, ho vaig saber per les passes i els crits, part en alemany i part en íddix[2]. Algú va parlar en polonès correcte i un altre li va contestar en polonès mal parlat. Vaig sentir com arrossegaven objectes damunt les runes; després, un alemany va donar una ordre i es va sentir el soroll de totxos caient. El guix queia, escampant-se pertot arreu. Ho vaig entendre i em vaig tranquil·litzar. Ja havien dit que cercaven un búnquer la primera vegada que havien vingut. Ara havien vingut per engrandir el forat d'entrada per poder-se ficar al soterrani. Em veia a mi allà. Pensava en com m'hauria sentit allí dins, arronsat, escoltant impotent els cops de mall o l'esclat de les mines.

Els ocells s'envolaren del pis de dalt i no tornaren.

No van trigar gaire a obrir-se camí. Després vaig

2. Íddix. Variant lingüística de l'alemany amb moltes paraules hebrees, utilitzada pels jueus del centre d'Europa.

sentir cops. I uns xiscles que venien de les profunditats del soterrani, apagats i llunyans. No era a mi a qui cercaven, sinó algú altre. Podia ser que sota el terra del soterrani, on havia viscut dotze dies, hi hagués un búnquer ple de gent? I que no hagués sentit cap soroll ni cap veu? Havien estat sempre allà sota, sentint-me? O potser ells tampoc no m'havien sentit a mi?

El pare i en Barukh havien parlat de búnquers com aquell, no com el nostre. Búnquers autèntics, excavats profundament sota terra, amb túnels de ventilació ben amagats, aigua corrent, cambra de bany i pou negre. Em van explicar què era això del pou negre: una mena de claveguera sense canonades. Eren búnquers amb menjar emmagatzemat per a una llarga temporada, fins que s'acabés la guerra. El que passava era que, a causa de l'enorme feina d'excavar un refugi així, hi havia d'intervenir massa gent, generalment la que després s'hi amagava. Tret d'una persona almenys, que s'havia de quedar a fora per tancar-lo des de dalt, bastint-hi un terra al damunt.

Vaig sentir una explosió molt forta i em va caure a sobre guix del pis superior. De moment em vaig espantar, ja que vaig creure que el terra de dalt em cauria al damunt. Després d'un moment de silenci es van sentir xiscles, plors i udols de molta gent, com sorgits de sota terra. A continuació, molt a prop, trets. Vaig tenir l'esperança que disparessin a l'aire per espantar els possibles amagats.

Aquests van començar a sortir. Ara ningú no xisclava. Només se sentia els nens plorar i els adults sospirar. No gosava apropar-me al caire del terra. Algú podria aixecar el cap en aquell precís instant i veure'm.

Van anar sortint del búnquer una bona estona. I mentrestant, els alemanys i els policies van continuar cridant i es van anar sentint les passes que creuaven les runes, des del soterrani fins a la porta. De tant en tant algú ensopegava. Se sentien rodolar trossos de guix i totxos. Algú va caure una o dues vegades. Es va sentir un tret dels alemanys, però ningú no va cridar. Fins i tot els nens van aturar els plors una bona estona. Llavors van marxar. Encara els vaig sentir a fora, al costat de la porta, cridant que fessin una fila de tres. El mateix que ens havien fet fer a nosaltres. I van començar a caminar, allunyant-se. Uns quants trets més. Finalment, van engegar el cotxe i van marxar.

El sol sortia per damunt les runes. Era migdia. Vaig entrar en silenci al rebost i no en vaig sortir fins al vespre. Es feia estrany pensar en aquelles persones que s'havien amagat amb mi en aquella casa, sense saber res els uns dels altres.

Vaig agafar la lot i la pistola. No m'agafarien tan fàcilment. Ara ja ho tenia clar. Vaig llençar l'escala i vaig baixar. Entre l'entrada del soterrani i la porta d'entrada, hi havia llençats tota mena d'objectes i parracs. No els vaig tocar. Podrien tornar i adonar-se que algú havia estat aquí. Vaig entrar al soterrani travessant la gran obertura que ara hi havia. Aproximadament al mig del passadís hi havia un gran forat a terra. Vaig il·luminar-lo amb la lot i vaig veure una gran nau, baixa de sostre i llarga, com els refugis antiaeris. Potser només era el refugi de la casa, encara que semblava impossible. Una escala de fusta duia des de baix fins al forat, que s'havia engrandit amb la bomba dels alemanys. Com havien pogut saber tan exactament el lloc d'entrada?

Vaig baixar. Tot estava capgirat. Arran de les parets, hi havia unes postades amb matalassos i flassades. Al centre de l'habitació hi havia taules, i en una d'elles, unes cartes escampades. En una altra, un tauler d'escacs tombat. Sobre una taula de ferro hi havia fogons per cuinar, cassoles i paelles. Sense pensar-m'ho gens ni mica, vaig començar a menjar. Patates bullides. Una mica d'arròs. Pastanagues bullides. Feia temps que no havia menjat verdura. En una paella hi havia una truita. No era gaire bona; ja coneixia aquell gust dels ous conservats amb sal. Allà hi havia un bé de Déu de menjar. Estava segur que tornarien per buidar-ho tot. Llavors, em vaig posar a la feina, i vaig agafar el més necessari. No podia arrossegar sacs sencers; pesaven massa. Senzillament, vaig abocar-ne una part a terra, per emportar-me només el que podia aixecar. Vaig fer dos viatges amb patates, dos amb galetes i un amb arròs, encara que no sabia si podria cuinar-lo allà dalt. Llavors vaig decidir agafar un fogó, una cassola i una paella. I una llauna de petroli. Pesava molt. Buscant, vaig trobar-ne una de mig buida. La vaig pujar.

Després, en vaig emplenar una altra fins a la meitat i també la vaig pujar. El meu rebost estava ple de gom a gom. Amb prou feines m'hi podia bellugar. Hauria de trobar la manera de pujar al pis de dalt. Llàstima que no pogués fer una altra escala de corda. És a dir, fer-la, la podia fer, tenia prou corda i alguns travessers a punt, però allà al pis de dalt, no hi havia lloc per penjar-hi un cable que estirés l'escala cap amunt i l'amagués al terra. Em vaig tornar a recordar de l'escala metàl·lica de la fàbrica. No em venia gens de gust arriscar-me a fer aquell viatge tan llarg. Darrerament hi havia massa gent voltant per aquells en-

contorns. I qui em podia assegurar que trobaria una altra vegada un home com el senyor Bólek?

Me n'havia après de cor l'adreça i per més seguretat la repetia cada nit, de la mateixa manera que els nens cristians reciten les seves pregàries.

Vaig agafar una gran cassola de ferro plena d'ous amb sal. Això era millor que res. També vaig trobar un sac de pastanagues. Algunes s'havien podrit; vaig triar les bones. Les pastanagues es poden menjar crues, no cal bullir-les. I, a més, t'ajuden a veure-hi de nit. La mare m'ho havia dit.

Després vaig fer servir la cambra de bany i vaig estirar la cadena per fer baixar l'aigua. Igual que un rei. Fins ara m'havia tocat anar a casa dels veïns i, posantme en perill de mort, fer-hi les meves necessitats i, a més, amagar-les. Si no, els delators i els saquejadors se n'haurien adonat de seguida, que algú havia passat per allà o bé hi vivia.

En acabat, vaig donar-hi un cop d'ull i vaig llençar quatre objectes damunt les patates escampades, el petroli i l'arròs. Vaig pensar que, així, semblaria més natural. Com si hi haguessin passat els saquejadors. No vaig poder resistir la temptació: vaig agafar una tovallola i sabó, em vaig despullar i em vaig dutxar. Increïble, l'aigua era calenta. M'hi vaig quedar fins que va rajar freda. Tenien un escalfador de llauna, amb un cremador de petroli a sota. Exactament com el de casa nostra. Si no destruïen aquell lloc, podria tornar una o dues vegades a dutxar-me, o alguna més i tot. No s'havia de temptar la sort.

M'agradava tan poc dutxar-me, a casa. Em barallava amb la mare cada vegada. Ara, ho trobava meravellós.

Després de dutxar-me, vaig pujar un sac lligat a la cintura, ple de pots de melmelada i de greix, que havia trobat. Ho feia tot en la més negra foscor, ja que coneixia de memòria cada racó. Fins i tot terrossos de sucre i xocolata vaig trobar. I també uns petits binocles i llibres per a nens. El que no vaig trobar van ser sardines, i segons les llaunes buides que vaig veure a les escombraries, n'haurien hagut de tenir. Potser les havien agafat els policies. Em vaig sobresaltar. Ben segur que tornarien per acabar de fer el fet.

L'endemà a trenc d'alba, van tornar, i ho van buidar tot. Els vaig sentir maleir i blasfemar. A primera hora de la tarda, van venir dos soldats alemanys. No els podia veure, però en sentia les veus. Van voltar una mica per allà, van parlar i de sobte van sortir corrent. Hi va haver un moment de silenci, seguit d'una explosió terrible. Tot va tremolar i un tros del pis de dalt va caure sobre el meu. El pobre Floquet, a la meva mà, tremolant com una fulla, es devia pensar que era la fi del món. De tant en tant queien totxos i bigues de fusta. Quan va ser de nit, vaig baixar a veure què havia passat. Havien fet volar l'entrada dels soterranis i ja no s'hi podria anar més.

## Capítol 12

# La nena del davant que feia els deures

No vaig anar a la fàbrica per agafar l'escala metàl·lica que havia amagat. Se'm va acudir que pels voltants, a les golfes que travessava i que mai no havia inspeccionat, n'hi hauria d'haver alguna. I realment en vaig trobar una de molt semblant, subjectada amb cargols. Només havia de portar un tornavís i desfer-los. Em vaig espantar quan vaig sentir passes i veus a la casa veïna. De totes maneres, vaig acabar el que estava fent, vaig agafar l'escala una mica abans de fer-se fosc i la vaig dur cap a casa. A la meva casa nova.

Hi vaig viure mesos, en aquesta nova casa, els mesos de la tardor, abans que esclatés la revolta al gueto A. M'ho vaig organitzar tot a meravella. Al pis de dalt hi tenia el magatzem. Al rebost del pis de baix hi tenia el dormitori i la cuina, és a dir, el fogonet. Tancava el forat de ventilació i bullia patates i de vegades també arròs. No sabia ben bé com es feia. Hi posava arròs i aigua tot junt i ho bullia fins que l'arròs era tou. Em menjava aquelles farinetes enganxoses amb

melmelada. No em quedava tan bé com el de la mare, amb tots els grans separats.

Mentre van durar els ous, vaig menjar truites. Les pastanagues no les vaig bullir; me les vaig menjar crues, ben de pressa, abans no es podrissin.

En aquells mesos, van anar venint els alemanys durant el dia, amb camàlics, per buidar les cases dels voltants. Sentia anar i venir els camions i cridar els obrers. De vegades, llençaven objectes pesants per la finestra, que s'estavellaven contra la vorera. Mentre ho feien, en sentia les rialles dements. Devien ser mobles difícils d'aixecar, o pels quals no valia la pena l'esforç. Una vegada, mirant per la porta, vaig veure com, a poc a poc i amb molt de compte, baixaven un piano de la casa del davant.

De dia voltaven els alemanys, i camàlics i policies passaven de tant en tant pel carrer. De nit, venien els saquejadors polonesos. Si, mort d'avorriment, volia sortir una mica, ho havia de fer d'hora al matí o a primera hora de la nit. Llavors tenia via lliure. Tot just la policia havia començat a patrullar, però no entraven mai enlloc, només vigilaven que ningú no entrés ni sortís. Els saquejadors tenien els seus camins particulars d'entrada i sortida del gueto.

Primer, quan sortia de la casa enrunada, patia per si el pare tornava en aquell precís moment i, en no trobar-me, marxava. No confiava gaire en els senyals que havia fet en el totxo, tot i que d'aquell dia ençà n'havia marcat d'altres. Finalment, vaig trobar una altra manera de deixar-li un missatge: vaig agafar un guix blanc i tou i vaig dibuixar fletxes que guiaven des de la porta, com si fos un joc de pistes. El guix no era gaire blanc i les fletxes no es veien clarament; semblaven antics senyals fets per nens que havien jugat aquí. En vaig fer un d'equivocat i finalment la pista acabava en un totxo, sota el qual havia amagat un paper vell i grogós que havia trobat i on havia escrit: «El tresor és a prop. Paciència. Àlex.»

Era una llàstima que el vàter i la dutxa haguessin quedat soterrats allà baix, al búnquer. Em feia molta por anar a fer les meves necessitats a les cases dels voltants. Almenys una vegada per dia, al matí o bé a la tarda, baixava a una de les cases veïnes, però com que no gosava fer córrer l'aigua a causa del soroll, buscava algun lloc per fer-ho entre el desgavell de les habitacions. Era la meva perillosa aventura diària. No podia fer-hi res. El riu el feia a l'aigüera. Una vegada vaig investigar on anava a parar el desguàs, però no en vaig veure cap traça a fora, a les runes. Devia anar a parar a algun lloc, a baix. No tenia importància.

Generalment, llegia ajagut al dormitori meu i d'en Floquet. També jugava amb ell. Molt sovint, obria el forat de ventilació, amb compte, a poc a poc, i amb els binocles observava l'activitat del carrer dels polonesos i de les seves cases, allà al davant. Tenia la sensació de viure en una illa deserta, només que, en lloc de contemplar el mar, contemplava els edificis i la gent, que, com si diguéssim, eren a tocar de la mà, però realment pertanyien a un altre món. Quan vaig agafar els prismàtics al búnquer, no se'm va acudir que em podien fer un gran servei, més i tot que els llibres, ja que eren només uns petits binocles de teatre.

Vaig trigar una mica, però al cap d'un parell de setmanes ja coneixia a tothom del carrer polonès, grans i petits. Sabia qui sortia d'hora al matí i qui es llevava tard. El policia, per exemple, sortia molt aviat quan treballava al torn de dia. El carter, a trenc d'alba. L'adrogueria, la fruiteria i la verduleria obrien d'hora; després ho feia la farmàcia. El darrer a obrir era el barber. Aquest, no tenia mai pressa a obrir ni a tancar. Els porters no sortien pas alhora a escombrar la vorera del davant de casa seva; n'hi havia que ho feien d'hora i n'hi havia que ho feien tard. També tenien diferents tarannàs. N'hi havia que pegaven als venedors ambulants, als captaires i als drapaires que s'acostaven i d'altres que feien com si no els veiessin i els deixaven entrar. Abans havia pensat que els porters maltractaven els venedors ambulants i els drapaires perquè eren jueus. Però ara no eren jueus, ni a ningú no li passava pel cap que ho fossin, encara que segurament que n'hi devia haver algun de disfressat.

Per exemple, hi havia tres nenes petites i un nen, que tenien els cabells rossos com el blat, però els ulls jueus. Això ho vaig poder veure gràcies als meus binocles. Compareixien un cop per setmana, passaven de pati en pati i de vegades també s'estaven al carrer cantant tota mena de cançons. Una gran part eren tristes. La gent els llençava monedes embolicades amb paper, perquè no es perdessin entremig de les llambordes. Hi havia un porter barbut, a la casa de la cantonada, que mai no els deixava entrar. Sempre els feia fora, corrent al seu darrere, cridant i insultant-los, com si li robessin el pa dels fills. Una vegada, fins i tot va cridar: «Maleïts jueus!», però ells li van fer llengotes, tot fugint.

Hi havia una senyora que anava cada matí a l'adrogueria i a la verduleria amb una bata espellifada i amb unes sabatilles esparracades. Duia sempre els cabells esbullats i de vegades amb plomes del coixí. Era la dona del borratxo. De dia ell era agradable, jugava amb els seus fills a futbol al carrer, però quan tornava a la nit, de vegades després del toc de queda, cantava i cridava. Encara no entenc com és que els alemanys no el van detenir. Potser treballava per a ells. I després, a través dels vidres enfosquits, sentia xiscles, paraulotes i plors de nen. M'hauria jugat qualsevol cosa que al matí ella apareixeria amb un ull de vellut o el llavi inflat.

Era una sort que els jueus no s'emborratxessin. Què hauria fet si el pare s'hagués portat bé amb nosaltres de dia, i de nit s'hagués transformat en un monstre com el doctor Jeckyll i Mister Hyde?

La parella de l'adrogueria eren uns vils estafadors. No aconseguia veure ni sentir el que deien als clients dins de la botiga, però molt sovint els nens en sortien plorant. I els adults de vegades també en sortien tristos o enfadats, llençant malediccions i amenaçant cap a la botiga amb el puny tancat. Ells es pensaven que ningú no els veia. Però jo estava mirant. En canvi, l'home de la botiga de fruita i verdura era gras, amable i gairebé sempre somreia. De vegades, donava una poma a la neneta bruta i afamada que es passava mitja vida al carrer. Em sembla que la mare treballava lluny, en una feina molt pesada, i no tenia ningú per deixar la nena. Sortia molt d'hora al matí i tornava poc abans del toc de queda; estava pàl·lida i prima. També hi havia el bèstia que ens tirava pedres quan miràvem la zona polonesa des de la finestra, abans de les deportacions. Encara continuava llençant-les a tot allò que es bellugava, gossos, gats i nens petits, mentre els deia: «Jueus pudents!» En sabia d'altres, d'insults, però aquest era el que més s'estimava dir. Era el noi més fort dels voltants i abusava de tothom. Pessigava aquella neneta, quan ningú mirava, fins que xisclava, i llavors feia cara d'innocent. Cap noi del carrer no era amic seu, però els deia el que havien de fer i ells ho feien encara que no en tinguessin ganes. Cada vegada que la seva tia, cridant i dient paraulotes, l'enviava a fer encàrrecs, els nois del carrer jugaven a jocs més agradables. No es pegaven ni es tiraven pedres. Si alguna vegada hagués de passar per aquell carrer, hauria d'anar amb compte amb ell.

Hi havia una nena que m'agradava molt. S'assemblava una mica a la Marta, la nena que em va regalar l'agulla de record a les golfes, però era una mica més gran. Vivia davant meu i, abans de fer-se fosc, seia al costat de la finestra, i feia els deures tot rosegant el llapis o el mànec de la ploma. Com l'envejava! Tenia tantes ganes d'anar a l'escola a estudiar! Cada matí

veia com els nens sortien amb les seves carteres, de pressa, camí de l'escola. Grans i petits. De vegades els grans portaven els petits agafats de les mans. N'hi havia que fugien corrent i els deixaven, fins que els petits començaven a plorar i les mares treien el cap per la finestra, cridant perquè tornessin.

A la finestra de sobre de la nena, hi vivia una dona boja. Potser no ho era, però tot el dia netejava, treia la pols i fregava. Al matí, per començar, aireja-va la roba de llit. Després, netejava els vidres i l'am-pit de la finestra. A continuació, baixava el matalàs i les flassades al pati, veia com desapareixia amb els embalums dins la casa i després sentia com els espol-sava amb el picamatalassos. No podia veure el pati, malgrat que la porta era davant meu, perquè jo esta-va massa enlaire. També encerava el terra i el refre-gava fins que lluïa com un mirall. La brillantor arri-bava fins aquí. I així continuava treballant fins al migdia, que desapareixia. Potser anava a fer la mig-diada. I de sobte, cap al tard, sortia per la porta i, si no hagués estat pels binocles, no hauria cregut que era la mateixa dona boja que es passava el dia nete-jant. Ara era tota una senyora, pintada i empolaina-da, que sortia i no tornava a casa fins al matí. Era molt estrany.

Quan ja feia un mes que observava el carrer, hi van arribar uns nous estadants. Van arribar amb un gran carro i van començar a ficar els seus atuells a la casa. Tota l'estona assenyalaven cap al gueto, mentre parla-ven enfadats, potser dient que aquí estava ple de car-rers sencers de cases buides i ells havien de viure ata-peïts. Jo sabia que arribaria el dia temut en què els polonesos ocuparien els nostres pisos. Què faria jo llavors? Però mentre els alemanys anessin agafant les nostres coses, buidant les cases i enviant-ho tot a Alemanya, podia estar tranquil.

Els nouvinguts eren tres nois joves d'aspecte salvatge, un home vell, una dona adulta i una jove. Vaig pensar que eren el pare, la mare i quatre fills. Segurament eren uns delinqüents, o saquejadors, sens dubte. A la nit, travessaven el mur amb una escala. Els sentia xiuxiuejar. El policia que vivia al davant ho sabia, però mai no va dir res; potser l'havien subornat. Començaven per les cases més properes, i després, per les més llunyanes. Tornaven amb molts objectes, que llençaven per sobre del mur. Després, travessaven ells. Una vegada, es van topar amb els alemanys i els van disparar. Un d'ells va caure i restà immòbil; a un altre el van ferir i el van portar arrossegant fins que el van entrar per la porta de la casa.

No em van fer gens ni mica de pena. Una vegada vaig veure com un d'ells aixecava la mà a la seva mare, a la porta de l'adrogueria, davant un altre dels germans i el pare. El pare va cridar, però el germà no va moure ni un dit. Una altra vegada, a la nit, durant el toc de queda, van agafar un home al carrer i, entre tots tres, el van estomacar. Un d'ells va treure un ganivet, i l'hauria mort allí mateix si no hagués estat per un escamot de la policia que passava en aquell moment. Així que el van deixar abandonat al carrer. No van tornar a casa; van desaparèixer per algun lloc.

El germà que els alemanys van ferir d'un tret, el van portar al metge. Al metge i a la seva dona, els coneixia de feia temps. Vivien al pis de sota de la nena que feia els deures. Els observava amb els binocles i en veia el consultori. El metge acaronava els caps dels nens i els repartia caramels. Era talment com el metge bo dels llibres. I, és clar, li van portar aquell bèstia ferit. No vaig poder veure què passava, a causa de l'ordre d'enfosquiment. Però l'endemà al matí vaig veure la seva mare plorant al consultori del metge i ell hi parlava, explicant-li alguna cosa, gesticulant amb les mans. Assenyalava cap al gueto i es posava la mà al front, com dient: «Què fan aquests ximples! Posen en perill la seva vida per unes rampoines!» La dona també parlava, posant-se la mà al cor. No podia imaginar què estava dient. Vendre els objectes dels jueus era un bon negoci per als polonesos. Realment, era millor que els venguessin ells que no pas que se'ls enduguessin els alemanys.

Encara vaig veure una altra cosa. A les nits, quan hi havia el toc de queda, a darrera hora de la nit, o a primera del matí, hi havia persones solitàries que s'esmunyien per la porta d'aquella mateixa casa. No sabia si això succeïa cada nit perquè generalment en aquella hora dormia. Només anava al llit tan tard de tant en tant, o bé em despertava a la matinada enmig d'un somni i no em podia tornar a adormir. Aquella gent no tenien aspecte de malfactors; vaig pensar que devien ser de la Resistència. Això semblava. Colpejaven la porta amb uns cops suaus, com l'inici d'una melodia, i la porta s'obria de seguida. Sempre hi havia alguna persona vigilant, el porter, el seu ajudant o bé la seva filla gran. Mai no deixaven entrar la persona si abans no xiuxiuejava alguna cosa. Llavors li obrien el porticó. De tant en tant, greixaven les frontisses de la porta perquè no grinyolessin. I una vegada que el porter no va voler obrir perquè els cops no eren els establerts, vaig sentir que l'home deia en veu baixa: «Al metge, benefactor.» Llavors, li va obrir la porta. Aquelles paraules em van quedar gravades a la memòria.

Una altra vegada, a ple dia, van portar un home en un carro. No es podia pas endevinar que hi hagués algú a dins perquè estava tapat amb sacs. Vaig veure com el treien. Miraven que no hi hagués cap estrany pel carrer, el posaven en un baiard i ràpidament l'entraven a la casa. Només hi havia el bèstia aquell pel carrer, però això no els va amoïnar gens ni mica.

Quan volia saber quina hora era, només havia de mirar la casa de la boja. Hi tenia un rellotge de paret de pèndol, que no sempre funcionava. Quan no s'oblidava de donar-li corda, no em calia mirar: sentia com tocava les hores, les mitges hores i els quarts.

Vaig veure altres coses, en les quals abans, quan corria pels carrers, no m'hauria fixat. Per exemple, un vell que robava a cal verdulaire, un nen a qui agradava fer un riu a la porta de la farmàcia, quan el farmacèutic acabava de tancar. Em fixava en les fulles dels arbres, que quan vaig venir a viure aquí encara eren verdes i que de mica en mica s'anaven esgrogueint i caient. Els vents tardorals les feien voleiar per damunt de voreres i carrers, i feien maleir els porters cada matí, ja que els donaven feina extra. Jo, en el seu lloc, les hauria deixat que voleiessin ja que decoraven el carrer amb colors vermellosos i groguencs, com si fossin papallones. Cada dia feia més i més fred. Però no estava preocupat. Tenia roba i flassades i també podia encendre el fogó i escalfar-m'hi les mans. De dia no hauria de témer per si algú veia el foc, encara que hauria de deixar obert el forat de ventilació.

De tot, el que més m'agradava era estar-me ajagut al meu amagatall els dies de pluja o de tempesta.

Llavors, el meu rebost es transformava en un lloc segur i càlid. Si els llamps queien davant meu, els podia veure pel forat de ventilació. N'hi havia d'enormes que esquinçaven el cel. Vaig explicar a en Floquet que, si comptem els segons que hi ha entre el llamp i el tro i els multipliquem per tres-cents trenta, podem saber a quina distància hi ha la tempesta. Perquè la llum, vaig dir-li a aquell burro, ens arriba de seguida i en canvi el so travessa l'espai a la velocitat de tres-cents trenta metres per segon.

Tant de bo que, en una de les cases, hagués trobat un noi de la meva edat; l'hauria portat aquí. I tant de bo hagués pogut tenir un telèfon per poder conèixer la nena del davant que feia els deures i parlar-hi.

Aquell noi bèstia també li feia la guitza. De vegades, al matí quan sortia per anar a l'escola, l'aturava pel carrer. Ell no hi anava mai, a l'escola. Segur que el feien fora de tot arreu. Però no l'empipava com als altres nens. No li feia la traveta, ni la pessigava, ni li barrava el pas fins a fer-la plorar. Era una cosa completament diferent.

Al començament patia per ella, perquè no sabia què passava. Pensava que acabaria estomacant-la, com ho feia amb tothom, nens i nenes, grans o petits. No als més grans que ell, és clar. Però al cap d'un temps vaig deixar d'amoïnar-me i em vaig enfadar. Em venien ganes de matar-lo i tot. Li feia reverències quan passava, escombrant el carrer amb la seva gorra i dient-li tota mena de coses que jo no podia sentir perquè eren les hores que hi havia més soroll, però que a ella no li feien cap gràcia. De vegades li barrava el pas i no es feia a un costat fins que ella no l'escridassava. Malgrat que es ficava amb ella, ho feia amb una mena de respecte estrany. Potser li agradava i només de pensar-ho ja em posava furiós.

Sovint no em venia de gust llegir, ni jugar amb en Floquet ni contemplar la zona polonesa. De sobte, havia començat a pensar en la mare i en el pare. No plorava, però m'ajeia a dintre pensant en totes les coses dolentes que podien passar. I també pensava en la sort que tenien els nens polonesos, que tenien una casa i de tot i que podien jugar a fora. Llavors, tranquil·lament, començava a pensar en tots els nens que havien estat amb mi a la fàbrica i m'adonava que no tenia cap dret a queixar-me, mentre estigués allí, esperant el pare.

## Capítol 13

# La insurrecció

De sobte, un matí, vaig sentir que transportaven gent pel carrer, cap a l'estació. Vaig espantar-me. Eren molts, un grup darrere l'altre, com llavors, quan van buidar el gueto A i el nostre gueto. Els vaig sentir caminar durant dos dies. Jo no gosava mirar. S'acostaven, passaven davant la porta i s'allunyaven. De tant en tant, un nen plorava o xisclava.

I llavors, el tercer dia, d'hora al matí, al moment que la boja començava a espolsar les flassades, vaig sentir trets. Al començament no me'n vaig adonar, però els trets es van anar intensificant. S'aturaven i de cop esclataven en un lloc diferent. El noi bèstia corria pel carrer cridant:

–Estan exterminant els maleïts jueus! Estan exterminant els maleïts jueus!

No podia sentir el que deia la gent del carrer. Llàstima que no tingués uns binocles amb un amplificador. De totes maneres, pels mots retallats que arribaven a les meves orelles i pels trets, vaig entendre que els jueus estaven lluitant. Per fi. Me'n vaig sentir orgullós.

Vaig treure la pistola i vaig començar a considerar seriosament el fet de deixar l'amagatall i anar amb ells. I què passaria si vingués el pare? Però tenia una pistola i vaig determinar que el meu deure era anar-hi. Vaig agafar la motxilla petita d'en Iossi i vaig posar-hi a dins tot el que em pogués fer falta i m'hi capigués i a més una ampolla d'aigua. Vaig lligar-la amb una corda. Vaig agafar també el meu gran ganivet de la cuina. Hauria d'esperar que es fes fosc; a la llum del dia no tenia cap possibilitat d'arribar fins allà. Vaig resoldre acomiadar-me d'en Floquet. Si en sortia viu, tornaria i procuraria trobar-lo entre les runes. No podia endur-me'l. Hauria de córrer, arrossegar-me, travessar golfes i amagar-me pels soterranis i podria aixafar-lo.

Quan tot va estar a punt, vaig baixar com acostumava a fer-ho cada matí i vaig passar a la casa veïna pel forat de la paret. També vaig hissar l'escala. Ni per un instant podia deixar-la penjant. Era una llei intocable, com la de portar sempre la pistola al damunt. De sobte, van sonar trets al nostre carrer, no gaire lluny. Vaig sentir crits i foc de metralletes. Després, trets aïllats. I tot seguit, soroll de corredisses. Novament trets. I si la revolta s'estenia fins aquí? No sabia si me n'havia d'alegrar o de lamentar. No sabia si era bo o dolent per als insurrectes. Per a mi sí que era bo, ja que si la lluita arribava al carrer dels Ocells, no hauria d'esperar fins a la nit per unir-m'hi.

Ja estava tornant de la casa veïna per l'obertura, quan van entrar per la porta dos homes corrent i van enfilar-se a les runes. Un estava ferit. S'agafava el braç i tenia sang a la camisa. El segon estava blanc com el paper i el subjectava. Van tirar endavant, cercant desesperats pel voltant un lloc on amagar-se. Cap dels dos anava armat. Mentre estaven examinant el territori, va irrompre al seu darrere un soldat alemany. Va alçar el fusell, els va apuntar i va cridar: «*Halt!*» Com odiava aquella llengua!

Es van aturar, amb els braços alçats. El soldat va riure. Jo ja coneixia aquella mena de riure. No era un bon senyal. Sense encomanar-me a Déu ni al diable, vaig treure la meva pistola, com si algú altre pensés per mi i em dirigís els actes. El soldat va preparar l'arma. Però en aquell moment, va relliscar amb un totxo i per sort vaig poder aprofitar aquell instant per preparar la pistola. Vaig apuntar-lo i al mateix moment que ell apuntava a un d'ells, vaig disparar tres vegades seguides, l'una darrere l'altra, ràpidament. Tots dos es van llençar a terra. Es veu que es van pensar que el soldat havia fallat. Un d'ells es va treure un ganivet i com un boig va començar a córrer cap al soldat. Com si hi hagués pogut arribar si hagués estat viu! De cop i volta es va aturar, sense entendre què havia passat. Al lloc on jo era, ells no em podien veure.

El soldat portava un casc. L'uniforme era verd. Encara tenia l'expressió de sorpresa a la cara, quan va donar la volta i va caure. El fusell li va anar relliscant a poc a poc de les mans. Ell també va anar caient a poc a poc, com una nina de drap. Va fer un o dos estremiments, com volent acabar la rialla que havia començat.

Vaig sortir del forat. Els trets de fora s'havien anat allunyant. Al cap d'un moment, tot va restar en silenci. Només una cosa era clara. Ens havíem d'amagar tot seguit. I si no venia ningú de seguida darrere el soldat, n'hauríem d'amagar el cos al més aviat possible.

El jove que havia corregut amb el ganivet el va desar. Ara m'havia vist, però no em va fer cas, sinó que va córrer a prendre el fusell al soldat. També li va agafar el corretjam amb les bales. No m'hi vaig acostar. No podia mirar.

–Noi, qui ha disparat? –va preguntar el ferit, gemegant.

–Xxxt, silenci! –digué l'altre.

De sobte se'm quedà mirant i em va fer la mateixa pregunta.

–Has vist qui ha disparat?

–Jo he disparat –vaig dir.

–Noi –va dir greument l'home–, has entès el que t'he preguntat?

Vaig fer que sí. Ell va repetir la pregunta.

–Sí –vaig dir, movent el cap afirmativament i ensenyant la pistola. De seguida la vaig tornar a posar a lloc, no fos cas que se'ls acudís prendre-me-la.

Em van mirar un moment, sense poder-s'ho creure.

–Primer hem de trobar un lloc per amagar-nos –va dir el ferit.

–On és el teu amagatall? –digué l'altre–. Hi ha lloc per a nosaltres?

No vaig contestar. Em vaig acostar al cable elèctric gastat i el vaig estirar amb força. L'escala va caure. Vaig assenyalar-la amb el dit. Ells no s'ho van fer dir dues vegades. Van acostar-se a l'escala. El ferit va intentar pujar el primer, però no ho va aconseguir.

–Tens una corda?

Vaig pujar i n'hi vaig donar una.

–Vés a cridar alguna persona gran!

–Aquí no hi ha ningú més –li vaig dir.

Va lligar el seu company amb la corda i va pujar davant seu. Llavors, el vam estirar entre tots dos. Només els vaig dir que vigilessin de no passar davant la finestra.

Vaig pujar l'escala ràpidament i tots tres ens vam estirar a terra. Volia aixecar-me a buscar aigua però no m'ho van deixar fer. No sabien que no se'ns podia veure des d'enlloc. Potser sí que a una persona adulta la podien veure des de la porta. Això sí que no ho podia saber.

–Aquí no ens podran trobar –mormolà el ferit.

–Si trobessin el soldat, llavors... –no va acabar el que estava dient.

De la zona polonesa, arribaven sorolls i crits i els vaig explicar què eren. No sé quant temps vam estar ajaguts, cinc minuts o mitja hora. Finalment, vaig començar a parlar. Els vaig dir que no ens podien veure i que tenia menjar i aigua. Els vaig preguntar si ells formaven part de la revolta.

–No –digué el més jove–. Miràvem d'arribar-hi. Un polonès de la Resistència ens ha ensenyat un passadís i quan ja érem camí del gueto, hem topat amb una patrulla. Nosaltres érem deu. No tots anàvem armats. Si hagués tingut aquest fusell fa mitja hora... –sospirà.

–En Bólek ens va dir que no féssim drecera, però l'Shmulik s'hi ha entossudit –va dir el ferit.

Després va afegir:

–Em torna a rajar sang.

–Qui és en Bólek? –vaig preguntar.

–El nostre contacte polonès –va dir el ferit.

–Tens benes, noi?

–No –vaig dir.

Els vaig parlar de la caixa de la creu roja que havia trobat en una de les cases properes. Però era impossible saber si encara hi era. Vaig obrir el rebost i en vaig treure un llençol i un ganivet. En vaig fer benes. El ferit jeia, gemegant. L'altre va mirar dins el rebost, fent-se creus del que veia.

–Qui més hi viu, aquí?

–Ningú més –vaig tornar a repetir.

Es va enfadar. Estava segur que li amagava la veritat, per por que ens denunciés o alguna cosa així.

–Així, realment estàs sol aquí?

Ara era jo el que m'enfadava.

–Sí –li vaig dir, estripant sorollosament una gran tira del llençol, en lloc de fer-ho amb un ganivet.

–No tornis a fer aquest soroll –va dir el jove.

Es deia Freddy. I el ferit, Henrik.

En Freddy li embenà la ferida. Després, entre tots dos, el vam ajudar a jeure a dins el rebost, al meu llit. Va beure amb fruïció i en Freddy també. No tenien gana. Havien menjat abans de venir cap aquí.

–Hem de desfer-nos del soldat –digué en Freddy–. Es veu que no han vist que entrava corrent dins la casa, darrere nostre. I encara no el deuen haver trobat a faltar.

–T'ajudaré –li vaig dir.

Vam baixar. Vaig fer pujar l'escala una altra vegada.

–Qui et va construir aquest refugi?

–Ho he fet jo tot sol. Ja fa dos mesos que hi visc.

–No m'ho puc creure!

Vaig intentar no mirar el que en Freddy estava fent. Li treia l'uniforme al soldat mort.

–Necessito l'uniforme –va dir disculpant-se.

En va fer un fardell, també hi posà el casc, i el va amagar darrere una pila de totxos. Després, va agafar el soldat per una cama i el va començar a arrossegar. Vaig girar el cap. El va portar fins a l'obertura on m'havia vist per primera vegada.

–Vés esborrant el rastre –em va manar.

Vaig tapar el bassal de sang i després vaig anar esborrant el camí fet per l'arrossegament i mirant de tornar el lloc a la normalitat, posant-hi trossos de guix i maons.

Vam fer passar el mort pel forat amb moltes dificultats. Ho vam fer entre els dos. Estava meravellat que aquell mort m'importés tan poc.

–I ara què més?

–El deixarem en una de les cases –digué en Freddy.

–Però jo visc aquí –vaig dir–. No s'hi pot deixar un soldat mort. El trobaran a faltar i vindran a buscar-lo.

En Freddy va dir, deixant el soldat a terra:

–Aquesta mateixa nit me'n vaig amb els rebels ara que tinc fusell i municions. Però en Henrik es queda amb tu. La seva ferida no és greu. Se li pot extreure la bala. Ell sap com es pot creuar el mur. Tenim un contacte i ben segur que en Henrik trobarà la manera d'aconseguir-ne l'adreça. Ell us farà arribar als boscos, amb la Resistència. Tu pots venir amb nosaltres. No val la pena que et quedis aquí tot sol, encara que el teu amagatall sigui extraordinari. Encara em sembla impossible que l'hagis pogut fer tu mateix. Però has de saber que estan a punt d'obrir el gueto als polonesos. Què faràs llavors? No et podràs moure ni respirar, especialment si algú intenta viure a les runes. Ja saps que falten cases i poden venir a construir una barraca aquí, o alguna cosa semblant.

–No puc anar-me'n d'aquí –vaig dir.

Ara ja tenia clar que no me n'anava enlloc. No participaria en la insurrecció, com havia pensat al matí. A hores d'ara, ja havia entès que no era una revolta com les dels llibres d'aventures, on els nens lluiten al costat dels grans i esdevenen herois. Aquell soldat mort que en Freddy havia llençat a terra era suficient per fer-me tirar enrere. Estava decidit a continuar esperant aquí.

–Per què?

–Estic esperant el meu pare.

–Ell ja ho sap, que ets aquí?

–Sí.

–I quan vindrà?

Vaig arronsar-me d'espatlles.

–On és?

–No ho sé. El van agafar el dia que van tancar la nostra fàbrica.

–Quina fàbrica?

–La de cordes.

En Freddy va voler dir alguna cosa, però ho va deixar córrer.

–De tot això en parlarem després –va dir al cap d'un instant de silenci.

Em mirà d'una manera estranya i de sobte digué:

–Torna cap amunt. El llençaré a les escombraries del pati i el taparé tan bé com pugui. Deixalles no en falten.

–Potser farà falta que em quedi al costat de la porta, vigilant –vaig dir.

–D'acord –va dir dubtós–. Però estàs blanc com el paper.

–No ho noto pas –vaig dir desconcertat, tocant-me la cara.

Vaig anar cap a la porta. El carrer era buit. Només se sentia, de tant en tant, l'espetec de les metralletes i explosions llunyanes. Era la insurrecció.

En Freddy va estar força temps ocupat, o així m'ho va semblar. De sobte em vaig trobar malament, encara que no tenia por. Què em passava? Estava malalt?

En Freddy ja havia acabat i em va cridar per tornar.

–Bé, ja està –va dir tustant-me l'espatlla.

Travessàrem el forat. Vaig estirar el cable i l'escala va pujar amunt, sobre el meu terra. Com la serp d'un encantador de serps. Llavors, vaig deixar anar el cable i va quedar penjant.

–És un invent teu?

Vaig fer que sí amb el cap.

–Abans heu parlat d'un polonès que es diu Bólek –vaig dir–. Quin aspecte té?

–Vine, pugem a dalt. Vols dir que et trobes bé?

No em trobava gaire bé. Sentia com una tremolor dins meu i la tremolor anava creixent. Vam pujar i vaig tibar l'escala. Em va descriure en Bólek. Sens dubte, era el mateix senyor Bólek que jo havia conegut. Ara ja tenia clar com era que un saquejador fos tan amable. Segurament que m'havia volgut fer creure que agafava vestits. No vaig dir res. Només m'anava repetint la seva adreça, que sabia de memòria.

I llavors, vaig esclatar a plorar. No podia fer-hi més; no em podia aturar. El plor em sortia de l'ànima. En Freddy em va estrènyer, abraçant-me amb força i acaronant-me els cabells. Potser aquell plor a punt d'esclatar era el que em feia estar tan pàl·lid i tremolós. Vaig trigar molta estona a poder-me aturar. L'únic que vaig aconseguir va ser plorar al més baixet possible.

Havia recordat molt bé les lliçons del pare. Vaig fer-ho tot tal com m'havia ensenyat. No vaig pensar en res. No vaig sentir res. Només vaig pensar, amb gran eficiència, en les coses tècniques. Muntar la pistola. Aguantar-la amb les dues mans, ben ferm. Obrir el fiador. Posar el punt de mira en línia amb l'objectiu. Llavors, no dubtar. Pensar i sentir es deixaven per després, perquè, si no, et tremolaria la mà. I el mort no seria ell, sinó tu.

Volia deixar de plorar una vegada i una altra, però no podia. Havia estat com Robinson Crusoe, no? Ell també havia disparat als salvatges, quan havien volgut menjar-se en Divendres.

Vaig bullir arròs i, en el seu honor, vaig obrir el darrer pot de llet condensada que em quedava. En Freddy va canviar dues vegades les benes a en Henrik, mentre parlaven en veu baixa. De tant en tant, em miraven. Potser en Freddy li estava dient que mirés de convèncer-me perquè me n'anés amb ell.

Vaig ensenyar a en Freddy el magatzem del pis de dalt i ell hi va pujar i s'hi va quedar dormint tot el sant dia. Jo vaig passar l'estona xerrant amb en Henrik. Ara em sabia greu no haver agafat el joc d'escacs del búnquer. Vam fer un tauler de dames sobre un cartró blanc i vam jugar fent servir monedes i trossets de fusta en lloc de fitxes. Fins i tot vaig guanyar algunes vegades. No sé si em donava peixet o realment guanyava de veritat.

En Freddy ens va deixar al vespre. A en Henrik li donà la mà. Jo també la vaig voler estrènyer, però ell em va tornar a abraçar i em va besar ben fort. Es va posar el paquet de l'uniforme sota el braç i el casc al cap. Em somrigué i em saludà com si jo fos un soldat autèntic. Va baixar, i desaparegué en la fosca. Només en vaig poder escoltar les passes damunt les runes, fins que es van extingir porta enllà.

Tota aquella nit, cada vegada que els gemecs d'en Henrik em despertaven, sentia trets a la llunyania. Pensava si serien d'en Freddy i resava per ell.

## Capítol 14

# Cap al metge

Els gemecs d'en Henrik em van despertar d'hora. Es trobava molt malament. Estava cremant de febre. Era clar que no podia anar enlloc. Amb prou feines podia parlar, encara que ho intentava per tranquil·litzar-me. Li vaig donar aigua per beure, però no es podia incorporar. La hi vaig anar donant amb una cullereta, a poc a poc, com si fos un nadó. Vaig pensar que es moria i que havia d'anar a buscar un metge. Només en coneixia un, però ell no m'havia vist mai.

Llavors vaig preguntar a en Henrik com havien travessat el mur. No era gaire lluny el lloc per on havien passat: la cantonada del nostre carrer dels Ocells i el dels Forners. Parlava a poc a poc, perquè el pogués entendre, o potser perquè no podia parlar més ràpid. Vaig humitejar una tovallola i la hi vaig posar al front, per la febre.

–Carrer dels Forners, 32 –va murmurar en Henrik una altra vegada.

Em vaig asseure al costat del forat de ventilació,

observant l'anar i venir de la gent. Els nens encara no havien sortit cap a l'escola. Però aquell noi bèstia ja era al carrer, voltant entre les cases, buscant una víctima. La neneta encara no havia sortit. Només podia fastiguejar la boja, que estava espolsant les estores i la roba de llit. La va cridar dient:

–Ep, senyora, li ha caigut un coixí!

Ella es va abocar per veure-ho i després va tornar a la feina. Ell es va quedar desencantat. Era tan ximple que es pensava que baixaria corrent cap a baix sense més ni més? Potser sí. Va sortir el policia i l'amenaçà amb el puny. A hores d'ara tothom el coneixia. Llavors, va llençar una pedrota a un gos que passava per allí. El gos va udolar. La dona del metge va treure el cap per la finestra i començà a renyar-lo. De cop i volta va sortir la seva tia xisclant:

–Encara voltes per aquí?! No t'havia dit que hi anessis immediatament? On és la llista?!

–És aquí! –digué, traient-se un paper de la butxaca i bellugant-lo davant seu.

–Doncs vés-hi ràpid, tros de quòniam!

L'envià a fer encàrrecs, com sempre. El vaig seguir amb la mirada tant com vaig poder. Esperava que no tornés de seguida. Amb els binocles vaig inspeccionar la finestra del metge. Era allí dins. La seva dona li havia dut el te i ell seia vora la finestra, escrivint alguna cosa i prenent-se'l.

No vaig agafar la pistola. Sabia molt bé que no la podria disparar si em topava amb una colla de gamberros polonesos. Que sigui el que Déu vulgui. Vaig agafar la lot.

–Si vingués el meu pare cridaria «Àlex!» –li vaig dir a en Henrik.

–Pren diners –em va xiuxiuejar, assenyalant la seva butxaca.

Hi duia diners, a la butxaca. En vaig agafar alguns bitllets. Vaig deixar la porta del rebost una mica oberta perquè hi pogués sentir. Vaig triar la roba. Sabia molt bé com es vestien els nois de la meva edat quan sortien al matí per anar a l'escola. Vaig agafar uns quants llibres i llibretes que tenia d'abans i els vaig lligar amb una corretja, tal com els duien els nens que no tenien cartera. Després em vaig posar una gorra polonesa atrotinada, enfonsada fins als ulls. El carrer dels Forners era el primer que creuava el dels Ocells anant cap a la fàbrica. Coneixia el camí molt bé. En aquesta hora, no havia de témer pels saquejadors, només hauria de vigilar de no entrar en una casa que estiguessin buidant els alemanys. No ho vaig comprovar, però em semblava que totes les cases d'aquell costat ja eren buides.

Ja sabia que el 32 del carrer dels Forners tocava el mur; el que no m'hauria pogut imaginar era que s'hi entrés per aquí, encara que havia trobat el senyor Bólek a la casa del costat. Seguint les instruccions d'en Henrik, vaig baixar al soterrani. El tercer traster de l'esquerra. Tot era fosc. Vaig encendre la lot. No es veia res. Vaig temptejar la paret. Llavors, vaig decidir apartar de la paret un armari mig trencat que hi havia. En Henrik havia dit clarament: «Uns totxos que es bellugen.» Eren allà, darrere l'armari. Els vaig anar traient d'un en un. No calia treure'ls tots. Es veu que aquell passadís l'havien fet per a persones grasses. Jo ja en tenia prou amb un forat petit. Vaig tornar a col·locar-ho tot a lloc. Em trobava en una cavitat fosca, molt petita. Vaig mirar al meu voltant. Vaig trobar un forat tapat per la part de fora. Vaig empènyer. Res no es va moure.

Devia ser un moble pesant. Vaig tornar a empènyer amb totes les meves forces i es va moure una mica, grinyolant, i em vaig esmunyir per l'escletxa cap a fora.

Ara era al soterrani d'una casa. Només esperava que no vingués ningú a agafar patates o carbó del seu traster. Em vaig aturar un moment per escoltar. Vaig sentir nens a dalt. Una dona cridant. Un home li contestava. Vaig sortir al carrer, sense ni mirar si el porter em veia o no. No vaig haver de creuar el pati. Des d'aquell soterrani es sortia directament a la porta de la casa. Era estrany; generalment a l'entrada principal no hi havia soterranis. Jo, almenys, no ho havia vist mai. Vaig fer com si res. És clar que el porter, només amb un cop d'ull, sabia que jo no vivia allà. Però potser també sabia allò del passadís i dissimulava amb tots els desconeguts que passaven. Era difícil de creure que se li pogués amagar al porter una cosa com aquella.

Vaig caminar en direcció cap a casa meva, però per l'altra banda del mur. Vaig passar per davant d'una adrogueria, però encara no era la meva, vull dir la que veia des del meu amagatall. Sense dubtar-ho ni un moment, vaig entrar a comprar-hi un llonguet. Em van tornar el canvi. Havia d'aprendre'm els preus. Tenia tantes ganes de beure llet! Però podia ser perillós. Vaig continuar endavant, mossegant el llonguet amb veritable fruïció. Era un autèntic llonguet calent, acabat de fer! Al carrer ja hi havia uns quants nens, els primers que anaven cap a escola. Alguns ni s'hi van fixar, en mi, però d'altres se'm van quedar mirant, perquè era la primera vegada que em veien. No els en vaig fer cas. Que pensessin que era nou al barri. Què podia passar?

Vaig arribar a la casa que buscava. Realment no era gaire lluny. Quan feia el mateix recorregut travessant golfes i passadissos d'un pis a l'altre, pujant i baixant escales, el camí es feia molt més llarg, encara que no m'aturés de tant en tant per escoltar i saber si hi havia perill.

Ara era davant de la casa on hi havia el meu amagatall. Des d'aquí, la casa semblava buida i deserta. Fins i tot feia por. Se'm va acudir pensar que divertit seria si em pogués veure a mi mateix caminant pel carrer, si estigués mirant pel forat de ventilació del meu amagatall. Vaig aixecar els ulls per mirar allà dalt. La part inferior de la façana estava amagada pel mur del gueto. Eren visibles la finestra de sota del pis de baix del meu refugi i quatre finestres més, posades l'una sota l'altra. Totes buides, com la resta de l'edifici. Des d'aquí era impossible veure el forat de ventilació, potser perquè, en aquest moment, a la paret hi havia ombra.

Vaig acostar-me a la porta del metge. Els porticons estaven tancats, com sempre. No vaig aconseguir fer aquella mena de melodia. Vaig trucar i prou.

El porter va obrir una mica.

–Per qui demanes?

Ara li podia veure la cara de prop. Realment tenia un bigoti gros i llardós, com m'havia semblat de lluny. No em va fer por. Ja sabia què havia de dir:

–Al metge, benefactor.

Em va mirar amb sorpresa i curiositat, a mi i als llibres i llibretes lligats amb la corretja, i em deixà entrar.

Quan vaig trucar a la porta del doctor, el cor em bategava amb força. Què li diria? No hi havia pensat en absolut. Vaig llegir el cartell blanc:

Dr. Stanislaw Polawski
Medicina interna

Li vaig sentir la veu cridant des del despatx:

–Helinka, truquen a la porta!

Després es va sentir el trepig de les sabates de la seva dona acostant-se a la porta. La porta s'obrí de bat a bat, sense cap cadena de seguretat.

–Què vols, noi? Estàs fent tard a l'escola. Ha passat res a casa?

Em vaig treure la gorra i vaig entrar al rebedor. Ella va picar de mans dient:

–Jesús, quins cabells! Ja et deixen entrar a classe amb uns cabells com aquests?

No vaig contestar.

–Bé noi, què vols?

Vaig continuar sense dir res.

–Els ha passat res, al pare o a la mare? O als teus germans? Com és que t'han enviat aquí?

–Necessito parlar amb el senyor doctor, senyora –vaig dir amb un fil de veu.

No tenia intenció de parlar baix; em va sortir així. De sobte m'havia adonat que els meus cabells, llargs com els d'un salvatge, em delatarien cada vegada que em tragués la gorra. Ella em féu entrar al despatx del metge, va sortir i va tancar la porta. Ell també es va quedar mirant els meus cabells, però no digué ni un mot. Vaig pensar que si sospitava pels meus cabells, això em facilitaria l'explicació de la meva història. En Henrik estava tan a prop! Em vaig posar dret, mirant la meva finestra, allà al davant.

–Doctor –vaig dir assenyalant amb el dit–, allà, sota la finestra de la casa enrunada, hi ha un ferit de la insurrecció jueva. Té una bala al braç i se li ha de treure.

El metge es girà, mirant la façana nua. Després em va mirar a mi i va dir:

–I tu, com ho saps?

–Senyor, fa molt temps que m'amago allà, a la casa enrunada. Sé com arribar-hi sense posar-lo en perill. Ara n'acabo de venir. Ha de venir amb mi, senyor doctor. Crema de febre.

–Com puc creure una història així? Potser t'ha enviat un... un...

No va acabar la frase; no la volia acabar de dir.

–El porter t'ha deixat passar?

–Sí, l'hi he demanat pel metge benefactor.

Li vaig repetir la frase: «Al metge, benefactor.»

–Qui te l'ha dit?

Li ho vaig començar a explicar tot, des del principi.

–Seu –em digué de sobte–. Vols menjar?

–Sí, si us plau, voldria llet.

Va cridar la seva dona. Van xiuxiuejar un moment. Abans de dur-me la llet, va portar atuells de barber. Em va lligar un drap al coll i em va tallar els cabells amb gran professionalitat, mentre li continuava explicant la meva història. Va venir algú, però el metge no el va deixar entrar. Va demanar que li diguessin que havia de visitar urgentment un pacient greu. Va recollir els seus instruments molt excitat. La seva dona escombrava els cabells de terra. N'hi havia un munt.

–Hi tens aigua, allà?

–Sí, hi ha aigua de l'aixeta.

–És increïble –mormolava tot sol mentre la dona l'ajudava a posar-se l'abric–, increïble.

No li vaig dir res de l'alemany ni de la pistola. Em va fer vergonya.

La dona em va voler donar un paquet de menjar, però em va fer por agafar-lo. Un paquet em podia de-

latar. Llavors, intentà ficar-ne una mica al maletí del doctor. No hi cabia. Vaig prendre tres pomes: una me la vaig menjar al moment; les altres me les vaig ficar a la butxaca.

Quan sortíem, va passar davant nostre, baixant les escales, la nena que feia els deures. Em sembla que em vaig enrojolar. Malgrat tot, li vaig dir:

–Bon dia.

Ella es va aturar un moment i es va quedar mirant-me atentament, intentant recordar on m'havia vist. És clar que no va poder, però va somriure i em va contestar. Després, va continuar baixant els graons de dos en dos.

–La coneixes? –va dir el metge.

–No –li vaig dir–. Només la miro sempre pel forat de ventilació de casa meva, quan seu al costat de la finestra a fer els deures.

–És una nena molt simpàtica –va dir el metge.

N'estava segur. No vaig dir res. Ara ja hi havia quatre persones que coneixien el meu amagatall: en Freddy, si encara era viu, en Henrik, el metge i la seva dona. Sense comptar el pare i el vell Barukh.

Em vaig treure la gorra i em vaig passar la mà pels cabells. Eren curts i em punxaven pel darrere.

–Ha fet de barber algun cop?

–Una vegada, a l'exèrcit –va dir rient.

Quina sort havia tingut trobant unes tisores petites en una de les cases. M'havia pogut tallar les ungles de tant en tant. Primer, només d'una mà. Amb la mà esquerra no en sabia, però de mica en mica en vaig anar aprenent. No m'agradava mossegar-me-les, per culpa dels microbis. A casa, hi havia una baralla cada cop que m'havia de tallar les ungles. La mare portava les tisores, i si hi havia l'àvia de visita, recollia totes les ungles tallades, les embolicava amb un paper i les cremava a l'estufa. Perquè si no es fa així, el nostre esperit, després de la mort, aniria errabund, cercant-les sense fi.

Em sembla que l'àvia ho creia. Si no, per què les hauria anat recollint amb tant de compte?

# Capítol 15

## L'operació

El porter de la casa on hi havia el passadís coneixia el doctor. Li va fer una reverència, traient-se la gorra. Ens va acompanyar fins al soterrani, després va mirar pels voltants i ens va informar que ningú no ens seguia. Ningú no li havia demanat que ho fes. Vaig pensar que ell també era de la Resistència. Ens va apartar el bufet i quan vam haver entrat a l'espai fosc, el tornà a posar on era. Vaig fer llum amb la llanterna i vaig treure els totxos del seu lloc. Aquesta vegada vaig deixar una obertura més gran. Després, el doctor em va ajudar a tornar-los a col·locar.

El vaig conduir pel camí de les golfes i els passadissos, de casa en casa. Sort que no vam haver de pujar a cap teulada. No era fàcil caminar per les teulades inclinades. S'ha de tenir molt d'equilibri per caminar sobre els taulons que els escura-xemeneies col·loquen sobre els teulats per caminar-hi millor. A hores d'ara ja n'era un expert, jo, però el doctor era gran. S'havia d'aturar de tant en tant per reprendre l'alè. Vaig fer veure que, de totes maneres, ens havíem d'aturar per escoltar si hi havia algú a les cases properes. Però me'n vaig adonar al cap d'una estona, que al metge no li feia res que es fes evident que no tenia prou forces. Potser només són els nens els que s'avergonyeixen de fatigar-se. No, em recordava molt bé de l'oncle Robert, que s'ofegava de seguida i sempre mirava d'amagar-ho amb totes les seves forces.

Vam arribar al final. Tot estava tranquil. Vaig estirar la corda. En Henrik no es va abocar a mirar qui venia.

El metge es va refer aviat i tot d'una es va transformar en un home eficaç i ràpid. Va desembolicar una bena, va col·locar els seus instruments sobre una tovallola, damunt una post. Va entatxonar un drap a la boca d'en Henrik, perquè no es mossegués la llengua ni els llavis. Després, li va obrir la ferida i la hi va netejar ben neta. Jo l'ajudava tan bé com podia. El preocupava que m'espantés, veient tanta sang, però no em vaig espantar. No li havia dit que, de gran, volia ser metge. Ara, després d'haver-lo conegut, n'estava del tot segur.

En Henrik es revinclava de dolor. El metge li donà una mica de vodka per beure.

–L'emborratxarem una mica –va dir-me rient–. Tu et trobes bé?

Vaig recordar la pregunta que en Freddy em va fer, després d'allò de l'alemany.

–Estic pàl·lid? –vaig preguntar.

–No –va dir–. Fas bona cara.

Llavors va començar l'operació. Amb gran agilitat, com si ho fes cada dia, li va extreure la bala del braç amb unes pinces especials i la va enlairar amb actitud triomfant.

–Mira, la molt...!

En Henrik s'havia desmaiat.

–Val més així –digué. Millor que dormi.

Li va xopar la ferida amb iode. Li vaig aguantar la bena, mentre li embenava la ferida. Després em va ensenyar a canviar-la. Em va deixar iode, benes i pastilles per fer baixar la febre. Va tancar el maletí.

En Henrik va tornar en si. El vam ajudar a tornar al rebost i vaig tancar la porta. Després, el metge va demanar de veure la seva casa a través del forat de ventilació. Volia saber què veia jo des d'allà. Va riure, i em va tustar l'espatlla.

El vaig acompanyar el camí de tornada. Aquesta vegada portava la pistola. No vaig dubtar a ensenyar-la-hi. Era la primera vegada que presumia davant algú de tenir-la. Em va agradar quan vaig veure la seva sorpresa. «No hi ha cap més nen, en tota la ciutat, que tingui una pistola», vaig pensar. Em referia als nens polonesos, és clar.

–Què, ja has mort algú? –va dir fent broma.

No semblava la mateixa pistola amb la qual havia disparat. L'havia netejat ben bé i l'havia greixat amb una mica d'oli comestible. No vaig contestar la seva pregunta. Em vaig sentir incòmode tot d'una. Al cap i a la fi, ell era metge. Només quan vam seure per descansar, després d'haver travessat un passadís molt difícil, vaig explicar-li el que havia passat.

–La gent no s'hauria de matar entre si, fill meu –va dir el metge, parlant lentament i amb molta serietat–. La gent hauria d'ajudar-se mútuament. Matar un ser humà és el pecat més abominable que, per desgràcia, s'ha escampat pel món aquests darrers anys. Però si estàs protegint un parent o un amic, defensant el teu país o la teva pròpia vida, no te n'has d'avergonyir. No és cap vergonya matar un criminal, com aquell soldat de qui m'has parlat, fill meu; al contrari, crec que ets un noi molt valent. Vull que ho sàpigues, per si encara ningú no t'ho havia dit.

De sobte, es va inclinar i em va fer un petó. Després, es va incorporar i vam continuar caminant.

–D'aquí a un parell de dies vindré a veure com es troba el malalt. Vine al passadís a la mateixa hora d'avui. Espera'm allà i no surtis pas.

–Molt bé –vaig dir–. El veuré quan vostè surti de casa i llavors aniré a esperar-lo.

–Si l'operació surt bé, molt millor. Però si, Déu no ho vulgui, s'infecta, se l'haurà de dur al costat d'una infermera experimentada perquè en tingui cura. Malgrat tot, esperem que tot vagi bé.

D'aquesta manera ens vam acomiadar.

Aquella nit, només es van sentir trets aïllats al gueto A i l'endemà ja no es va sentir res. Uns núvols de fum espès es van anar enlairant, embolcallant la ciutat. A la nit vam veure la resplendor de les flames. El gueto cremava. Potser l'havien incendiat expressament per fer-ne sortit els combatents jueus.

L'endemà, en Henrik es trobava millor. Va menjar patates i una de les pomes que jo havia dut i que havia guardat per a ell. Li vaig ensenyar en Floquet i totes les seves habilitats. No em va decebre. Va venir quan vaig xiular i va sortir corrent a cercar el seu esmorzar quan va sentir el xiulet de «busca!» En Henrik estava del tot meravellat. Mai no havia jugat amb ratolins blancs quan era petit. Ell tenia un gran gat siamès.

Li vaig explicar la meva història des del començament. Li vaig parlar dels meus pares i de com havia arribat fins al número 78 del carrer dels Ocells. Ell també em va explicar la seva. Ell creia que tota la seva família havia desaparegut. No tenia cap esperança de trobar-los després de la guerra. Jo no pensava com ell. Llavors, vam parlar de com seria tot després de la guerra. No solament de com podríem sortir al carrer, anar a passejar fins a un poble llunyà, anar en barca, esquiar a l'hivern o patinar sobre el glaç, sinó també de les coses de les quals la meva mare també parlava. Sobre Palestina. En Henrik l'anomenava: «Eretz Israel.»

Ell va parlar dels jueus, que no tenien un país propi i d'aquí venien tots els seus problemes. Em va parlar d'Eretz Israel. Jeia amb els ulls tancats i parlava, com si ho profetitzés i pogués veure ja el seu somni. Parlava del país que tindríem algun dia, un país autèntic, amb bandera i president. Jo m'hauria estimat més un rei, és clar. Estava assegut, escoltant atentament. Era estrany pensar en una ciutat on tots els habitants fossin jueus. Aniries caminant pel carrer i tothom seria jueu: els que passegessin i els que estiguessin asseguts, els taxistes i els cotxers, els camàlics i els carters, els policies i els escura-xemeneies, els porters i els nens, tothom jueu, fins al darrer de tots. Llavors, aquell que tingués la cara de jueu amb els ulls grossos i tristos, no tindria por de sortir al carrer. Ningú no se'n burlaria ni li faria la guitza, ni se'n riuria dient-li que tenia un nas jueu.

–Quin himne serà el nostre? –vaig preguntar.

–No el coneixes? –va dir meravellat.

–No –vaig dir–. La mare no me n'havia parlat pas.

Ell el va començar a cantar en veu baixa. La melodia la sabia, la mare me la cantava de vegades, quan em posava a dormir.

Em vaig despertar amb un ensurt, a trenc d'alba. Vaig sentir com un cotxe arribava a tota velocitat i s'aturava grinyolant, com els de la Gestapo. No venia del costat del gueto sinó del polonès. Vaig passar per damunt d'en Henrik, que respirava feixugament. Vaig obrir el forat de ventilació i vaig mirar. El cotxe s'havia aturat a la casa del davant. No vaig patir per la nena que feia els deures, sinó pel metge. Dos d'ells van entrar corrent. El tercer es va quedar al volant. Tots tres duien l'uniforme de la Gestapo. Hi havia hagut algun delator. Sempre passava el mateix. Se'ls hauria d'haver matat a tots abans de la guerra. Però llavors, com es podia saber qui eren?

Van fer baixar el metge i el ficaren dins el cotxe. Portava un abric, però per sota vaig veure com li sortien els pantalons del pijama. Es feia estrany veure'l sortir sense el seu maletí. Era la primera vegada que el veia sense. Semblava una altra persona.

Des d'aquell dia, les cortines de la finestra de la casa del davant van restar tancades. La seva dona també va desaparèixer; no la vaig veure més. Només demanava amb tot el meu cor que no hagués estat per culpa meva. Encara que als membres de la Resistència també els detenien. Com als jueus.

# Capítol 16

## El senyor Bólek

En Henrik estava malalt. Estava cada vegada pitjor. No semblava que fos a causa de la ferida. La ferida tenia bon aspecte, se li anava cicatritzant i el braç ja gairebé no li feia mal. Senzillament, estava malalt. Potser tenia el tifus o alguna cosa així. Perdia el coneixement. I quan de tant en tant es despertava, em veia doble o no em coneixia en absolut. Va començar a parlar en veu alta a la nit. Això em feia molta por. Jo intentava tapar-li la boca amb la mà o bé despertar-lo. No es despertava, però es quedava quiet llargues estones. Tenia por d'adormir-me. Contínuament li preparava te i li posava benes fredes al front. I encara una altra cosa. Vaig haver de recollir parracs de la casa veïna perquè s'ho feia tot a sobre. Va estar així tres setmanes i llavors, a poc a poc, va començar a trobar-se bé, però estava feble com un nadó. Parlava amb dificultat i ja no li feien falta els parracs. Utilitzava la gibrella. M'abraçava, mormolant-me coses com: «M'has salvat la vida.» Això m'incomodava. Era veritat, però per què ho havia de repetir a cada moment? Un dia, quan ja s'aguantava dret i ja podia baixar per l'escala de corda, li vaig dir que sabia on vivia en Bólek, el seu contacte, el que els havia conduït fins al gueto el primer dia de la revolta.

–Com és que ho saps?

Li ho vaig explicar.

–Dóna'm la seva adreça, hi aniré.

Vaig riure. No és que semblés jueu, és que no podia ser res més que jueu. I a més estava malalt i feble.

–Ja hi aniré jo, a parlar amb ell –li vaig dir.

Vaig pensar-me bé quan era millor sortir. No ho volia tornar a fer quan els nens anessin a l'escola. Tampoc no sabia quan podria tornar i no volia estar voltant tot sol pels carrers. Tampoc no volia ser-hi a l'hora que els nois surten de l'escola i fan el ximple pel carrer, per fer-se passar l'ensopiment d'estar totes aquelles hores asseguts per força a la classe. Ja m'hauria anat bé a mi també. Pel camí de tornada cap a casa és l'hora que fan tota mena d'entremaliadures i malifetes.

Vaig decidir sortir a primera hora de la tarda, amb un cistell d'anar a comprar. Aprofitaria també per comprar unes quantes coses a l'adrogueria. Vaig agafar diners que en Henrik es va entossudir a donar-me, molts més dels que em calien. Em digué:

–Per si de cas.

Pel camí, vaig buscar en un parell o tres de pisos, fins que vaig trobar un cistell i una lletera llençats en un racó. No era un botí que valgués la pena enviar a Alemanya.

El passadís el vaig trobar tal qual, però el porter em va aturar, dient-me que el seguís. Què volia? És que no em coneixia? Em coneixia i se'n recordava prou bé.

–La primera vegada que vas passar, anaves ràpid i no vaig tenir ganes d'anar-te al darrere –digué–. Després vas passar amb el doctor, i per això ho vas fer de franc. Però ara, o pagues, o tornes enrere. Vosaltres, els jueus, sempre teniu diners.

Ara sabia com entraven i sortien del gueto els saquejadors. I també entenia per què el forat dels totxos era tan gran. No perquè hi passessin els grassos. Sort que en Henrik s'havia entossudit perquè agafés més diners.

–Quant és?

Com que era un nen, em va fer un bon preu, si havia de creure el que em digué. Vaig pagar i vaig travessar la porta. Per una part, va anar bé. El porter va deixar de fer-me por. Ara ja ho tenia clar. Vaig pensar que li havia de demanar diners a en Henrik, quan marxés, per poder sortir quan em calgués i per poder comprar el que em fes falta.

Ja tornava a ser al carrer polonès. Ara no tenia tanta pressa com quan vaig anar a buscar el metge. També em sentia més segur. «Això és l'essencial», deia el pare. No hi vaig pas anar pel camí més curt; vaig fer una volta pel parc. Caminava a poc a poc, com si passegés. No era «com si»; era realment un passeig. Com era que no havia sortit mai a passeig? Fins ara, a ningú li havia passat pel cap que jo fos jueu.

Em sentia com si estigués embriac. Una mica més i m'hauria oblidat de què hi feia, aquí. El parc era com totes les altres tardors que recordava. Hi havia piles de fulles seques, arbres que encara en conservaven algunes i d'altres que ja tenien les branques nues, esperant la neu. També hi havia mares passejant els seus nadons amb cotxets. O potser eren mainaderes. Segur que encara hi havia gent rica. Els nens petits anaven en bicicleta o bé feien rodar cèrcols metàl·lics amb un bastonet de fusta o amb un filferro. Jo mai no havia après a fer-ho, això. Potser era massa petit en aquell moment.

Els nois de la meva edat jugaven a futbol. Vaig veure com cridaven i discutien, com sempre, intentant formar els equips. Un d'ells em va assenyalar amb el dit i un altre em va cridar que hi anés. Els faltava un porter. I jo era un porter magnífic. No tenia cap pressa; m'hi podia quedar. No vaig desil·lusionar el meu equip.

–On vius?

–Torna demà!

–Molt bé!

La sort va ser que va començar a ploure i tots van marxar cap a casa. Em vaig col·locar el cistell buit sobre el cap i vaig arrencar a córrer. Vaig passar pel costat de l'adrogueria de cal metge. Hi vaig entrar. Tenia l'esperança que potser hi trobaria la nena que feia els deures. Només hi havia una clienta. Vaig comprar llet, deu ous i pa. Vaig dir:

–La mare m'ho ha encarregat.

Vaig estar a punt de demanar llonguets. Vaig aturar-me a temps. De llonguets només n'hi havia al matí. També és cert que la llet es compra al matí, però malgrat tot els en quedava una mica. Vaig fixar-me en quants diners pagava la senyora que hi havia abans que jo i vaig pagar amb els que en Henrik m'havia donat. Em va tornar el canvi, però no el vaig comptar per no fer-lo enfadar. Em vaig esperar un moment que s'aturés de ploure.

S'apropava l'hivern. La darrera setmana havien bufat uns vents molt forts, que feien cruixir els arbres del carrer polonès. Sentia sota els meus peus la terra gelada del parc. No havia patit fred, al rebost. Només patia perquè si se m'acabava el petroli no podria escalfar aigua per al te. En Henrik també anomenava te a l'aigua calenta amb un terròs de sucre que ens posàvem a la boca.

–Ets nou al barri? –preguntà l'amo de la botiga.

–Sí –vaig dir–. Vam arribar la setmana passada.

–Ara que hi penso –digué–, et vaig veure passar un matí d'aquests.

–Anava a cal metge –vaig dir.

L'home sospirà. No sé per quina raó, em va sonar fals.

–Pobre home, tenia molt bon cor. I quin metge! Aquests delators... A quin número viviu?

En aquell moment, van entrar a la botiga dues dones i aquell noi bèstia. No vaig contestar. El noi bèstia em va mirar de dalt a baix i vaig adonar-me que no era tan alt com semblava des de la finestra. O potser era que els altres nens eren més petits. Vaig anar cap a la porta. De seguida em va fer la traveta.

–Deixa'l estar! –digué una de les dones–. Ja comences?

Era la seva tia, la que sempre cridava des de la finestra:

–Yànek, vinga, cap a casa!

–Ja va, tia!

Però es quedava allà on era.

–Un noi nou –va dir el botiguer quan jo obria la porta.

Vaig sortir ràpid. Encara se n'haurien adonat que no vivia enlloc, i que no hi havia cap família nova pels voltants. No hauria de tornar més aquí. Seria molt millor que, si necessitava res, ho comprés a la botiga de prop de la cantonada amb el carrer dels Forners, com aquell dia que hi vaig comprar el llonguet. Eren més simpàtics en aquella botiga i a més podia tornar més aviat. També podia comptar amb el porter; no sabia del cert si m'ajudaria, però segur que no em delataria. Era el seu *modus vivendi*.

Ara plovia i pedregava. Em vaig aixecar el coll de l'abric, em vaig enfonsar la gorra fins a les orelles i vaig arrencar a córrer. De sobte, vaig topar amb un nen que venia en direcció contrària i que va caure a terra. Vaig deixar anar el cistell i el vaig ajudar a aixecar-se.

–Perdona –vaig dir-li–, ha estat sense voler.

No era un nen. Era la nena que feia els deures. S'havia donat un bon cop al genoll i estava a punt de posar-se a plorar però es va aturar. Em va conèixer de seguida. Va intentar somriure.

–Ah, ets tu. Saps que han agafat el doctor?

–Sí, ja ho sé –vaig dir.

Ens vam acostar a la paret, cercant aixopluc.

–Em dic Àlex –vaig dir.

–Jo Stashia. Fa fred –va dir mentre li petaven les dents.

Tenia tantes ganes de parlar-li de mi, i de com la mirava des del forat de ventilació, però mai no li podria dir res d'això, fins al final de la guerra. I llavors li vaig preguntar, amb la cara vermella com un tomàquet, de la vergonya que em feia:

–Vols que siguem amics?

–Que et vols riure de mi?

–No, ho dic de debò.

–Molt bé –va dir–. He de tornar a casa corrent. Ets nou aquí?

–Visc a l'altra banda del parc –vaig dir–. Vols que ens hi trobem? De vegades jugo a futbol.

–Se'n riuran, quan veuran una nena i un nen parlant junts.

–Ja trobarem un lloc.

–Demà?

–No –vaig dir.

No podia saber què passaria, si trobava el senyor Bólek avui mateix. I després, què? Tampoc sabia quan marxaria en Henrik. Potser podria sortir, encara que no marxés. Però potser no m'ho deixaria fer; em diria que era massa perillós. I què faria llavors? Me'n reia dels perills. Li deixaria la pistola. No, no la hi deixaria. Era meva.

–Vine dilluns que ve –vaig dir-li–. A la mateixa hora que ara, després de dinar. Si plou, no.

–I si neva?

–La neu és bonica –vaig dir-li.

Ens vam acomiadar i vam arrencar a córrer per camins diferents. Vaig tombar a l'esquerra i vaig veure la casa que buscava. No era lluny. Quan anàvem a visitar l'àvia, abans de la guerra, hi passàvem pel davant. La porta era oberta i vaig passar. A dins hi havia un noi, que ens va mirar amb sospita, a mi i el cistell de la compra.

–On és el senyor Bólek? –vaig preguntar amb indiferència.

–On et sembla que pot ser? –va contestar el noi amb un menyspreu manifest, assenyalant l'habitatge del porter. Realment, havia fet una pregunta òbvia.

Vaig picar a la porta i va sortir el porter. Era ell. Només que ara anava vestit com tots els porters, amb unes botes consistents. De bon primer no em va reconèixer. Em vaig treure la gorra xopa i li vaig dir hola educadament. Llavors, se'n va recordar.

–Ah! Àlex! –va dir–. Entra.

La seva dona era a casa. Vaig dubtar.

–Ja pots parlar –digué–. Què passa?

No volia dir res. Llavors, em va dur dins la casa i tancà la porta. Vaig començar a parlar. Li ho vaig explicar tot, tal com ho havia explicat al doctor. A ell també li costava de creure.

–Com és que estàs tan colrat? T'has pintat?

Em vaig tocar la cara dient:

–Segur que és de l'estiu. I pels ocells.

–Què fas amb els ocells?

–Res, s'han acostumat a mi. Vénen a beure aigua en un lloc de les runes i de vegades hi toca el sol. Sec allà sense fer soroll i els dono molles de pa. Cada vegada els hi dono més a prop; alguns ja se les mengen a la meva mà.

Li vaig parlar d'en Henrik i del metge.

–On t'amagues?

Ara ja hi hauria cinc persones que sabrien on era el meu amagatall.

Em va dir que anés al seu darrere i, junts, vam pujar a les golfes. Des d'allà, em va assenyalar la façana de la meva casa. Vaig fer que sí amb el cap.

–Increïble, increïble… –anava dient.

Vam baixar. Ho explicà tot a la seva dona, en veu baixa. Em van fer seure a la taula i em van donar menjar. Un menjar de debò, cuinat: sopa, carn amb verdures, púding i pa. Uf, com vaig menjar! Gairebé ni em podia aixecar de la taula. No és que estigués afamat, però feia moltíssim temps que no tastava un menjar com aquell. Per a aquella mena de menjar, tenia una gana de llop.

Mentre jo menjava, ells xiuxiuejaven. Em vaig amoïnar una mica, encara que no semblaven gent que m'haguessin de delatar. Aviat em van revelar el seu secret.

–Àlex –em digué el senyor Bólek–, et quedaràs amb nosaltres. Portarem el teu amic malalt allà on calgui. I tu et quedaràs aquí, a casa. Et farem documents.

–No serà difícil –va dir la dona–. Tinc un nebot de la teva edat en un poble proper. En Bólek anirà a buscar la seva partida de naixement i els seus documents. T'estaràs a casa, amb nosaltres, com si fossis ell. Aniràs a escola. Què hi dius?

Tenia una veu melodiosa i agradable. Em venia tant de gust quedar-me amb ells! M'agradaven. Ella tenia uns ulls bondadosos i en Bólek era llest. Ja li havia preguntat si era mestre abans de la guerra. No, era comunista. Dels que volen la igualtat entre les persones, els treballadors, per exemple. I que no odiaven els jueus. Així era com m'ho havia explicat.

–No em puc quedar –vaig dir amb tristesa.

–Però per què? –van dir tots dos.

–Espero el pare –vaig dir.

En Bólek va voler dir alguna cosa, però la seva dona el féu callar amb un gest. I no digué res. Em va preparar un paquet amb pomes. Eren de la seva germana, del poble. També hi va posar un pot de mel. M'ho embolicà tot amb paper de diari i em va dir que anés amb compte de no trencar-ho.

–No pateixi, senyora –li vaig dir.

Si sabés quants pots de melmelada i de greix havia portat en sacs i gairebé cap no s'havia trencat. Només es van trencar una vegada que no els havia embolicat com cal, amb drapots, perquè tenia massa pressa.

Ell va anar amunt i avall per l'habitació fins que vaig haver acabat de menjar i vaig estar a punt de marxa. Llavors em va dir:

–Escolta'm, fill meu, i recorda-ho bé. Cada dia, a l'hora que les campanes toquin per a l'oració de la tarda, la meva dona, el meu fill o jo, pujarem a les golfes i mirarem la paret de casa teva. Si necessites ajut, ens fas un senyal.

Va pensar`un moment.

–Fins quina finestra pots arribar?

Li ho vaig dir.

–Molt bé. Pots posar-hi un tauló o un pal, en diagonal. Això no farà sospitar ningú, semblarà com si hagués caigut pel darrere. El mateix dia aniré a recollir-te. Si jo no pogués, vindria un dels nostres. Recorda-ho.

Vaig assentir amb el cap.

–Volia dir-te que, més tard o més d'hora, obriran el gueto als polonesos. Enderrocaran els murs i ens repartiran els habitatges. Llavors, no podràs ni treure el nas a fora.

–Però podré posar el senyal a la finestra –vaig dir.

Ens vam aixecar els colls i vam córrer arran de les

parets de les cases. La calamarsa s'havia transformat en una pluja glaçada, que el vent ens llençava a la cara de tant en tant.

Quan la pluja va augmentar, ens vam aturar un moment al portal d'una casa. Hi havia una colla de gent. Primer em vaig pensar que s'hi havien aixoplugat pel mal temps. Després, que era una baralla, perquè la gent cridava i discutia. El senyor Bólek ho va preguntar a una de les dones.

–Què ha passat, senyora?

–L'amo de la casa tenia uns maleïts jueus amagats, els han descobert i els han lliurat a la policia. Aquest bord ens ha posat a tots en perill. No en tenia prou d'augmentar el lloguer dels pisos!

El senyor Bólek va escopir a terra, furiós. La dona, és clar, es va pensar que ho feia pels jueus, però ell escopia a causa d'ella. Jo també ho hauria fet.

Sortírem i començàrem a córrer. Vam passar pel costat de cal metge. No vaig pas trobar la Stashia, per descomptat. La veuria la setmana vinent, dilluns. Si no plovia. I si ella venia.

El porter de la casa del passadís i el senyor Bólek es coneixien bé. Van parlar una mica. Després, el senyor Bólek va pagar i em digué que anés a buscar en Henrik.

–Veurem quina cara fa i què ens diu i després decidirem què hem de fer. De totes maneres, el traurem a la tarda. Mentrestant, que s'esperi a baix, al forat que hi ha al passadís entre les dues cases. Entesos?

Ho havia entès. Vaig baixar al soterrani, amb el senyor Bólek darrere. Va fer moure el bufet i el tornà a col·locar al seu lloc. Abans, quan li feia adéu amb la mà, des del forat, em va repetir en un murmuri:

–No et descuidis de deixar el pal, Àlex. Un moment, agafa diners.

–No cal –vaig xiuxiuejar–. Encara no s'han inaugurat botigues al nostre cantó.

Ell va riure. No volia agafar-li diners. De moment, m'estimava més agafar-ne d'en Henrik.

Vaig explicar-li a en Henrik què havia dit en Bólek i el que havia de fer. Ell es posà dret, tremolant de fred. Vaig enfilar-me al pis de dalt i vaig baixar l'abric gran que guardava per al pare, i se'l va posar molt content. Ara tenia més bon aspecte. No se'l veia tan prim i miserable. Li vaig omplir les butxaques de terrossos de sucre. No els va voler acceptar. Li vaig dir que en tenia més a dalt. No em volia creure, però tampoc tenia forces per pujar per l'escala de ferro i comprovar-ho.

–Anem –li vaig dir.

–No, me'n vaig sol.

No hi vaig estar d'acord. Jo coneixia millor els passadissos. Ell encara no hi havia passat mai. Havien vingut fins aquí corrent pels carrers. A més, no volia donar-li la lot. Les piles d'una de les dues llanternes s'havien gastat ja feia temps. Vam discutir una mica i en Henrik va cedir.

Pel carrer no vam dir ni una paraula. Quan passàvem d'una casa a l'altra, ens aturàvem a escoltar. Ell anava més amb compte que no pas jo, sens dubte. Tot i que, els darrers dies, des de la finestra de la porteria de la casa veïna, havia vist policies i funcionaris amb carteres plenes de papers que voltaven pels carrers. Segur que estaven apuntant i examinant les cases abans de repartir-les.

Vam arribar al número 32 del carrer dels Forners. Res no havia canviat. Vam enretirar l'armari. Vaig entrar un moment amb ell al forat fosc.

–Et deixaré uns quants diners –digué de sobte.

Gairebé havia oblidat de demanar-n'hi. Va treure el feix de bitllets i el va dividir en dos.

–No, no tants –vaig dir-li.

–Muts i a la gàbia. Pren-los, en tinc més.

Me'n va ensenyar un altre feix, que duia amagat a la butxaca del darrere. Els vaig agafar i el vaig regraciar. Llavors, ens vam acomiadar. Li vaig donar la mà i me la va estrènyer amb força. Jo també la hi vaig estrènyer tan fort com vaig poder. Ho vam fer com dos homes. Bé, ell era un home. I jo, també, fora de la veu, que encara no m'havia començat a canviar.

# Capítol 17

## Hivern

Va nevar tota la nit. Era la primera neu de l'hivern. No vaig poder resistir la temptació i vaig decidir anar al parc aquell mateix dia, a primera hora de la tarda. Però al matí, quan col·locava l'escala a punt per baixar, vaig veure clarament unes petjades de gos sobre el mantell de neu que cobria les runes. Mai no havia vist cap gos voltant per aquí. Vaig mirar de recordar què havia menjat a la nit; potser l'olor l'havia dut cap a mi. Vaig començar a baixar, però em vaig aturar abans de trepitjar la primera neu. Jo també podria deixar petjades, i si vingués algú, veuria les petjades anant i venint de sota el meu amagatall. Llavors, aixecarien el cap i començarien a rumiar. Només podria anar i venir lliurement quan caigués una nevada forta que esborrés les meves petjades immediatament.

Vaig tornar-me'n cap amunt i vaig posar-me a pensar. Com aniria al parc a jugar amb la nena? I si també havien quedat soterrats els senyals que havia deixat per al pare? Hauria de tornar a marcar les dues fletxes darreres i posar «el tresor» sota la teulada de la porta d'entrada. Tornaria a escriure un paper, com el que havia escrit abans. Però, com podria sortir, encara que només fos per anar a fer les meves necessitats a la casa veïna?

Vaig acostar l'escala a la paret i llavors, amb molt de compte i molta paciència, vaig anar resseguint tot el voltant de la paret. La neu no hi arribava i si no canviava la direcció del vent, no hi arribaria. I ja no m'havia de preocupar per si venia algú, perquè en podria veure les petjades. Em vaig sentir orgullós de com havia resolt tota la història de les petjades i li vaig dir a en Floquet que podria haver estat un explorador indi.

A primera hora de la tarda vaig anar cap al passadís, vaig pagar el porter i me'n vaig anar directament al parc.

Hi havia els mateixos nois amb els quals havia jugat a futbol. No hi eren tots i en aquell moment no jugaven a futbol, però en coneixia una gran part. Vam començar una gran batalla de boles de neu. Primer, tots contra tots. Després, es van fer dos bàndols. Un noi que es deia Wlodek va proposar que fossin polonesos contra alemanys, però ningú no volia ser alemany. Així que no teníem nom; érem el bàndol d'en Wlodek contra el meu. De sobte, m'havia convertit en capità. Vam organitzar una gran batalla. Quan es va acabar estava completament xop, tremolant de fred. Ja s'havia fet fosc; tothom es va acomiadar i se'n va tornar cap a casa seva. Jo ja sabia el que m'esperava quan tornés al meu amagatall, per això anava fent temps. La porta era ajustada. La vaig empènyer; encara no estava tancada amb clau. Les frontisses van grinyolar. M'hi vaig esmunyir i vaig baixar al soterrani. Em penso que el porter em va veure des de la finestra, però de totes maneres, ni va sortir ni em va dir res. Era una sort que l'entrada al soterrani fos directa des del porxo d'entrada a l'edifici, així els llogaters no la podien veure des de les seves finestres que donaven al pati. Potser per això mateix van triar aquesta casa per fer-hi el passadís.

Durant tot el camí de tornada a casa, les dents em petaven. No pel fred que feia, sinó perquè estava a punt d'esclatar a plorar. M'anava dient a mi mateix tota l'estona:

–Atura't i escolta si hi ha algú a la casa propera.

M'ho havia de dir a cada moment, al costat de cada obertura i de cada passadís. Em deia:

–No corris. Trepitja en silenci. No et descobreixis.

I també m'anava dient, fins i tot a mitja veu:

–No ploris; no has de plorar aquí. Només quan arribis a dins el rebost, sota el coixí. Només allà.

I em vaig aguantar el plor. Després de creuar l'obertura que donava a les runes, va començar a nevar amb força. Queien volves de neu grans i suaus. No vaig fer la volta a la paret. Vaig anar directe, en diagonal. La neu taparia les meves petjades en un tres i no res. Vaig enfilar-me i per poc no deixo l'escala penjant. Fins ara no m'havia passat mai una cosa així. Em vaig tancar dins el rebost, vaig enfonsar el cap sota el coixí i vaig arrencar a plorar.

De mica en mica em va anar passant. Vaig tancar el forat de ventilació i vaig encendre el fogó. Vaig començar per escalfar-me les puntes dels dits. Després, em vaig anar despullant i vaig anar penjant els vestits perquè s'eixuguessin. Mentrestant, l'aigua s'havia anat escalfant i vaig beure «te» calent, amb un terròs de sucre a la boca. Llavors, vaig donar menjar a en Floquet. No hi podia parlar i explicar-li què havia passat. Em feia por que si obria la boca, començarien els plors altra vegada.

Em vaig quedar a casa quatre dies, fins dilluns. Feia un dia d'hivern força bonic. No gaire fred. Vaig pagar el porter i ell em va amenaçar amb un dit. Li vaig somriure. Vaig anar un altre cop directament al parc. Jugaven a fet i amagar. La Stashia també hi era. Era l'única noia i no jugava amb ells. Li vaig dir hola. Ella em va contestar amb un moviment de cap. En Wlodek va dir:

–És la teva xicota?

De moment em vaig enfadar i li vaig voler contestar que no n'havia de fer res. Però després vaig canviar d'idea. La mare em deia que si estava enfadat, havia de comptar fins a deu abans de contestar. Era la primera vegada, que jo recordés, que seguia el seu consell. I va donar resultat. Li vaig somriure i li vaig fer que sí amb el cap. Ell va fer un somriure de complicitat. De sobte, érem amics, com si li hagués revelat un secret. Potser ell també s'esperava una resposta grollera i havia tingut una agradable sorpresa.

Vam jugar. Ella es va quedar a un costat, i de sobte va fer el gest d'anar-se'n. Vaig anar-li al darrere cridant:

–Stashia!

Es quedà quieta, esperant-me.

Els altres nois van començar a xisclar perquè me n'anava a mig joc. Però en Wlodek els va calmar, cridant en veu alta:

–Deixeu-lo en pau!

Hi va afegir alguna cosa en veu baixa i tots van riure. Però ens van deixar tranquils.

Vam anar a veure si el petit llac dels cignes ja s'havia glaçat i si hi havia algú patinant. Hi vam anar a poc a poc, sense dir ni un mot. De sobte em sentia tímid. I si a ella li passava el mateix? Potser no era timidesa, sinó que no podia dir-li totes aquelles coses que realment hauria volgut dir-li. I a més, havia de dissimular. Era millor no dir res.

El parc estava bonic de debò. Havien tret una mica de neu dels camins principals, però la resta era verge i blanca. Una mare i uns quants nens estaven construint un ninot de neu molt gros. D'ulls, li van posar dos trossos de carbó. Llavors, la Stashia em va fer la pregunta que més por em feia de totes les que em podia fer:

–On vius, Àlex?

–No gaire lluny, darrere del parc.

–Al carrer dels Pollancres?

Ella ho volia saber. Potser volia conèixer els meus pares o anar a veure'm quan li vingués de gust, o potser esperar-me al carrer. Llavors, vaig saber que era la nostra darrera trobada.

–Anem –vaig dir.

La Stashia em va començar a parlar d'ella. De l'escola. De la seva mestra. D'una nena que es deia Marisha, la seva millor amiga de la classe. I que al seu barri no hi tenia amigues, perquè tot eren nois i les noies eren més grans o més petites. I també em parlà de la neneta pobra, que voltava per allà davant de casa, al carrer, sempre que el temps li ho permetia. Vaig estar a punt de dir-li que ho sabia, que la coneixia.

–No puc dir-te on visc perquè sóc...

Em vaig aturar a la meitat. No podia dir la paraula. Estava tan prohibida, era tan perillosa... Una paraula tan curta podia posar la teva vida en perill. Ella em va mirar amb els seus ulls blau fosc. Era la noia

més maca que havia conegut mai. Llavors li ho vaig dir. Va envermellir completament.

–Odies els jueus?

Ella va abaixar el cap.

–Vull dir si em denunciaries. Saps?, si sense voler ho diguessis als teus pares, podria ser la meva fi. T'he dit la veritat perquè no et puc dir mentides. Però ara ens haurem de separar i no ens podrem veure més. I tu hauràs de guardar-me el secret, perquè, qui ho sap, potser hauré de passar alguna vegada pel teu carrer.

Ja em penedia d'haver-li-ho dit. Quina bestiesa! Ho havia espatllat tot! No ho havia d'haver dit mai! Mai! Mai! Ni em vaig acomiadar d'ella. Com si fos culpa seva. De sobte, em cridà:

–Àlex!

Ella també era jueva! No m'ho podia creure! La mirava i la remirava. Com era possible? Potser ho deia perquè no m'amoïnés?

–La teva mare, és la teva mare de debò?

–Sí, va dir.

Em va començar a explicar la seva història veritable i de mica en mica la vaig anar creient. Ella també sabia que havia transgredit una prohibició terrible. Una cosa que no hauria d'haver fet mai de la vida, fins que la guerra s'hagués acabat. Vaig veure com anava empal·lidint mentre ho explicava.

–Pots confiar en mi –vaig dir-li.

Vaig explicar-li des del començament tota la meva història. Ella es va posar molt contenta que «visqués» davant seu. Li lluïen els ulls mentre m'escoltava. No va fer cap pregunta. No va dir res. No li vaig dir res de la pistola. En aquell moment ens vam adonar que tothom corria pel carrer. S'acostava l'hora del toc de queda. La Stashia es va espantar. S'estava fent fosc.

–La mare deu estar patint! –digué–. No em tornarà a deixar sortir durant una setmana sencera. Sempre està patint. Em té prohibit tornar de fosc. Jesús, què he fet!

–Corre cap a casa! –vaig dir-li–. Ens tornarem a trobar dilluns vinent.

–Miraré cap a... –va abaixar el cap i em xiuxiuejà a l'orella– ...al forat de ventilació, sota la teva finestra.

–Procura seure al costat de la finestra tant com puguis –li vaig demanar.

Vaig tornar cap a casa i tot seguit vaig agafar els binocles. Llavors, vaig veure que la cortina que enfosquia la seva finestra estava una mica enretirada. A dins de l'habitació la fosca era total, però vaig endevinar que ho havia fet per mi.

Vaig estar molta estona donant el sopar a en Floquet. Tenia moltes coses per explicar-li. De vegades, m'alegrava que fos només un ratolí. Així podia dir-li tot allò que em passava pel cap.

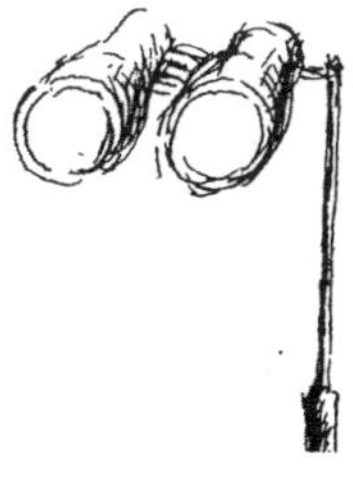

# Capítol 18

## Un dia feliç

Tota la setmana vaig estar pensant en la Stashia i contemplant-la tan bon punt es posava al costat de la finestra a llegir. Ara, quan aquell noi bèstia la molestava camí de l'escola, jo tremolava de ràbia. Arribaria un dia que me les pagaria totes. Encara que, de vegades, observant la seva reacció, no semblava que patís gaire. Fins i tot em semblava que s'ho passava bé amb el teatre que ell feia, i això encara m'empipava més.

Què no hauria donat per tenir un telèfon, només connectat d'aquí a allà! I a cap més lloc. I vaig començar a pensar en la manera de comunicar-nos, malgrat tot. Se'm van acudir tota mena d'idees, coses impossibles que deia a en Floquet. Em sembla que ell i tot es va riure de mi. Una cosa esdevenia més i més clara: no podria parlar amb ella sense posar-me en perill. El més agosarat que vaig decidir va ser fer senyals, obrint i tancant el forat de ventilació. Per exemple, dues vegades seria «sí», una «no» i tres «no ho sé». Però, com podria veure ella que s'obria i es tancava l'obertura? Jo sabia que, des d'allà, amb prou feines es veia, sobretot quan a la paret hi havia ombra. Li hauria de donar els meus binocles. Vaig rumiar-m'ho. No, no estava disposat a desfer-me'n, ni tan sols per ella. I llavors se'm va acudir una idea. Senzillament, n'hi donaria la meitat. Els vaig examinar i vaig comprovar que es podien separar. Cadascú de nosaltres en tindria una part. No s'hi veuria tan bé, perquè amb un sol ull es veu més pla. Però no hi havia res més a fer.

Després, vaig pensar en diferents formes d'enviar senyals. Com me'ls podria enviar ella? Vaig intentar inventar el meu sistema particular, però no n'hi havia cap de tan curt i senzill com el Morse, que havia après amb els escoltes. Encara que per escriure una paraula calien força punts i ratlles. Li diria que bellugués les mans. Moure la dreta seria una ratlla, i moure l'esquerra, un punt.

Per què no hauria de poder fer el mateix jo amb el forat de ventilació, obrint-lo de pressa i a poc a poc? Això era una possibilitat, però semblava perillosa. Quan estava immòbil, no es veia, però si es movia una bona estona, podria aixecar sospites. No seria ben bé una conversa, però fóra millor que no pas res. Podríem deixar el Morse per a casos d'emergència només. Ella sí que, de tant en tant, podria enviar algun missatge curt. Per dir-me quan ens trobaríem, per exemple, o si no podia venir a una cita. O que m'estimava. Algun dia m'ho diria? Només de pensar-ho ja em vaig posar nerviós. I no sabia si jo mai gosaria dir-li-ho.

Finalment, va arribar l'altre dilluns. Estava força amoïnat perquè tota la setmana els funcionaris havien voltat amb les llistes. En una situació com aquella, la Stashia no hauria pogut pas fer-me cap mena de senyal, ja que ells se n'haurien adonat, d'aquells estranys moviments que enviava al gueto, i haurien sospitat immediatament. I què passaria si obrissin el gueto d'un dia per l'altre? Enderrocarien el mur? Semblava impossible, fora de l'ordre natural de les coses. Podria travessar directament, sense haver de pagar el porter. Però potser no podria sortir de cap manera.

El porter havia apujat el preu, el porc! No hi vaig discutir. No hi volia tenir cap conflicte. Va dir que un llogater havia començat a sospitar i l'havia hagut de subornar. Potser no mentia. Hi havia delators pertot arreu.

Vaig anar al parc, com l'altre dia, a primera hora de la tarda. Se sentia la música del llac de patinatge. Els meus amics no hi eren. Ja havien obert el quiosc i havien penjat l'altaveu de llautó del gramòfon en una cavitat de la paret. Abans em pensava que era d'or. La gent patinava sobre el gel. Abans de viure tancats al gueto, s'hi podia anar i llogar uns patins al quiosc. Et feien un forat al taló de les sabates, si no el tenies ja fet, i et subjectaven els patins amb claus de sabater. A part de l'entrada, havies de pagar per la feina de posar-te'ls i el lloguer a tant l'hora. M'encantava la música que posaven. Quan era petit, hi anava, no només per patinar, sinó també per veure com la dona grassa feia voltar la maneta del gramòfon. Després, em quedava encantat mirant com el disc girava ràpidament i l'agulla metàl·lica que sobresortia d'un cap rodó i lluent feia sortir melodies d'un disc negre i circular. Era una autèntica meravella.

Per un moment vaig tenir por que em reconeguessin. No, no podia ser. Havia crescut i anava vestit totalment diferent. Era impossible.

La dona grassa que recordava no hi era. Hi havia dos homes grans i un jove geperut que els ajudava. Vaig preguntar si llogaven patins.

–Ja tens diners? –van preguntar, desconfiats.

–Sí que en tinc.

–Ensenya'm els talons.

Els hi vaig ensenyar.

–S'hi haurà de fer un forat. Ja t'ho deixa fer, la teva mare?

–És clar, si no, no m'hauria donat diners per venir –vaig dir.

El geperut em va fer seure en una cadira alta i anà a buscar els estris.

–Un moment –li vaig dir–. Vaig a buscar la meva germana.

Vaig tornar al mig del parc. La Stashia ja m'esperava, mirant cap a l'entrada. Hi vaig arribar pel darrere, per espantar-la. De moment es va sobresaltar però de seguida es posà a riure, tota envermellida. Era la noia més bonica que havia vist mai.

–Anem a patinar –vaig dir.

–Però jo no en sé.

–Jo te n'ensenyaré –vaig dir–. També tenen cadires per als principiants.

Els que començaven, s'agafaven a una mena de cadires, que anaven empenyent al seu davant, fins que gosaven deixar-se anar. Llavors començava la diversió. Especialment quan alguna senyora que portava vestit queia amb les cames enlaire. Fins i tot els grans reien.

–Però Àlex, no tinc patins!

Li vaig dir que es podien llogar, i que li farien forats als talons de les sabates.

–Si la mare em veu els forats, em renyarà –va dir.

Jo ja veia que ella ho volia.

–No ho veurà. Les sabates sempre estan del dret. La teva mare et neteja les sabates?

–No, me les netejo jo sola.

Va acceptar. Li vaig dir que ara seria la meva germana.

–Però si tots els nens saben que no ho sóc.

Vaig arronsar les espatlles. No tenia cap importància.

Vam seure i el geperut ens va foradar els talons. Feia pessigolles als peus. Després, ens va subjectar el peu pel darrere, entre els genolls, com si ferrés un cavall, i ens hi va clavar els claus. Tenia por que el clau pogués travessar i punxar-me el peu, però ell va riure, ensenyant-me com eren de curts els claus. Els aguantava a la boca i els agafava d'un en un, com els tapissers. Allò sempre m'havia impressionat força, com els empassafocs del circ.

S'havia de pagar per avançat. Ho vaig pagar. Tenia preparats una mica de diners en una butxaca, per no haver d'exhibir tot el feix que m'havia donat en Henrik. Llàstima, l'hauria d'haver deixat a l'amagatall, amb la pistola. La pistola no l'havia agafada, perquè la darrera vegada m'havia molestat per jugar. Havia hagut de vigilar que cap noi no s'adonés que la duia i que no em caigués mentre jugava.

Va ser el dia més bonic de la meva vida. Almenys des que vivia sol. No el dia, la tarda més bonica. Primer, li vaig cordar a la Stashia els cordons de les sabates, després li vaig col·locar bé els patins i els hi vaig tancar com cal amb una clau anglesa, perquè aguantessin. Després es va agafar al meu braç i a poc a poc la vaig conduir a fora. Li vaig donar una cadira i vaig patinar al seu costat xino-xano. Només la vaig deixar quan van arribar en Wlodek i dos amics seus i vam començar a fer curses. L'hivern passat no havia patinat gens, però encara ho feia molt bé, fins i tot amb una sola cama. Ells estaven admirats.

–Com és que no has vingut en tota la setmana?

–La mare està malalta.

–Vine a casa meva –va dir en Wlodek–. Tinc tota mena de jocs. El pare els va dur dels jueus.

–Molt bé.

–Jo també vindré a casa teva.

–D'acord.

Què hauria dit si l'hagués dut a «casa meva»? Només d'entrar, ja hauria tingut por. O potser no. Feia la impressió de ser valent. Era clar que això no podia durar gaire temps. Tard o d'hora, passaria alguna cosa que m'impediria sortir i venir aquí. Els polonesos envairien el gueto o qui sap què. El que no pensava era que passés tan aviat.

En Wlodek i els seus amics no se'n van riure, de mi i de la Stashia. Al començament intercanviaven somriures. Jo també vaig somriure i em van deixar tranquil. Només una vegada vaig sentir com un d'ells deia:

–Són una parella de veritat.

Potser sí que ens casaríem després de la guerra. Vés a saber!

La Stashia tenia molta traça. Al cap d'una estona, va deixar la cadira i em va donar la mà. Va caure. No em vaig poder aguantar el riure. Ella també rigué. I va tornar a caure. Gairebé em va arrossegar a mi i tot. Llavors, li vaig donar totes dues mans i jo vaig patinar enrere. Així anava millor. Però va tornar a caure i jo amb ella.

Vam estar patinant dues hores, dues hores que vaig pagar religiosament. Llavors, ella va dir de tornar. La seva mare, després del retard de l'altre dia, l'havia deixat sense sortir una setmana sencera. En arribar a casa, l'havia trobat patint i molt enfadada. I amb raó.

Vaig acompanyar-la fins a casa seva. Pel carrer vam riure de qualsevol bestiesa. Fins que vaig veure que en Yànek ens seguia.

–En Yànek ens ve al darrere –li vaig murmurar.

Ella s'aturà de riure en sec.

–He de fugir abans que no es fiqui amb mi –vaig dir-li.

Aleshores ens vam acomiadar. Ella va continuar endavant i jo em vaig girar, vaig tornar enrere i m'hi vaig creuar sense fer-li cas. I no vaig anar pas més de pressa. Només al cap d'una estona vaig girar el cap i vaig veure que em venia al darrere. Sort que havia tingut temps de donar a la Stashia la meitat dels binocles abans de sortir del parc. Em vaig aturar. Ell s'acostà i també s'aturà.

–Ets nou aquí, oi?

–I tu què n'has de fer?

–I tant que n'he de fer.

–No ets l'amo del carrer.

–Ja ho veurem, això –va dir amb un somriure malvat.

Vaig arronsar les espatlles i vaig seguir caminant.

Què faria si no em deixava estar? Vaig decidir tornar al parc. Però ja era massa tard i els meus amics segur que ja no hi devien ser.

–Què vols?

–Vull saber on vius, jueu de merda.

–El jueu de merda ho deus ser tu. Vine, t'ensenyaré on visc i el meu germà policia t'ensenyarà una altre cosa que recordaràs molt de temps.

Sabia molt bé el que anava a fer. Entraria en un portal on ningú em pogués veure, com si fos casa meva, i llavors, si ell em seguia, li clavaria un bon cop a la cara i després a l'estómac, al lloc que el pare anomenava el plexe solar. Si no ho feia així, no me'n podria desfer. No era gaire bonic utilitzar estratagemes en lloc de lluitar cara a cara, però era el mateix que ser un cavaller amb els alemanys. Així deixaria en pau la Stashia.

Realment, el pare m'havia ensenyat a fer-ho al revés. Primer, a l'estómac, i quan es doblegués, a la cara.

Al cap d'una setmana, encara em feia mal el puny. Es va doblegar i va caure. Ràpidament vaig fugir, però vaig tenir temps de veure com li sortia sang del nas. Jo tenia ben clar que era la meva darrera visita a la zona polonesa. A menys que ell desaparegués de l'escena. I ni així, jo no gosaria tornar a comparèixer. Segur que ell hauria parlat a tothom del «nou» i sempre hi hauria algú esperant la propera vegada; el botiguer de l'adrogueria, per exemple. Mai no m'havia agradat.

Primer vaig anar caminant a poc a poc. Vaig sentir crits. Vaig creuar a l'altre cantó de carrer i vaig arrencar a córrer. No ben bé a córrer; a caminar amb una mena de saltirons, com quan estem de bon humor.

Va ser una llàstima. Tenia diners per sortir un parell de vegades més, pagant el preu nou, i per llogar patins i anar a l'adrogueria dues o tres vegades. Més tard, tenia la possibilitat de vendre una part dels objectes que encara em quedaven. Segur que el porter me'ls hauria comprat. Els vestits de senyor, per exemple.

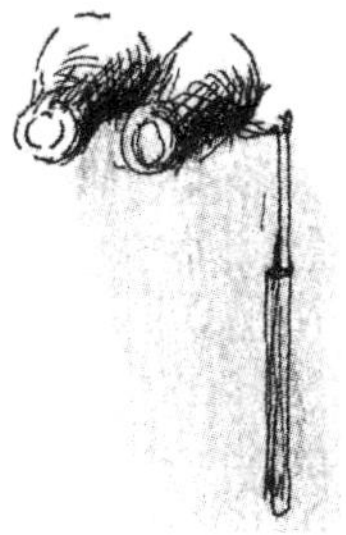

# Capítol 19

## Els polonesos arriben

L'aigua se'm va gelar a les canonades, malgrat que deixava sempre l'aixeta degotant. El fred havia augmentat i algun tros de les canonades quedava al descobert. Vaig fondre neu al fogó i començava a estar preocupat pel petroli. Quina llàstima no haver-ne agafat més! Allà n'hi havia prou i de sobres. I a mi, potser no m'arribaria per a tot l'hivern.

També parlava amb la Stashia, bé, era ella la que parlava. Jo contestava «sí» o «no». M'havia enviat un missatge que deia: «T'estimo.» Ara, de lluny, havia gosat dir-m'ho. I jo també. I un altre que deia: «I tu, m'estimes?» Jo li vaig fer senyals que «sí». Cada matí, abans d'anar a escola, em feia adéu amb la mà. I cada tarda, seia al costat de la finestra a fer els deures.

Era difícil i esgotador parlar així. I cada vegada ens feia més por que algú la pogués veure mentre feia senyals cap al gueto, ja que hi havia molts funcionaris voltant per aquí.

El diumenge després de l'enganxada amb en Yànek, ella va voler concertar una cita amb mi. Jo vaig contestar «no ho sé» a totes les seves preguntes. L'endemà s'escampà pel carrer la notícia que el «nou» era un jueu i que, quan en Yànek l'havia volgut atrapar, se li abraonaren al damunt dos jueus més, el van estomacar i van desaparèixer.

Va trigar molta estona per explicar-me totes aquestes coses amb els senyals i jo més per desxifrar-los.

–Vas estomacar-lo tot sol?

–Sí –vaig dir-li, tancant i obrint dues vegades la tapa del forat de ventilació.

–Molt bé. És una veritable llàstima que no ens puguem veure. Estic plorant. Tu també plores?

–No –vaig assenyalar–. Sí.

–Ja ha tornat el teu pare?

Les converses es van acabar uns quants dies abans de Nadal. Van lliurar les cases als polonesos. Un dia al matí, a trenc d'alba, quan estava com de costum a casa dels veïns, vaig sentir passes de gent al carrer. Vaig mirar per la finestra d'allà. Eren policies però no semblava que busquessin o miressin d'atrapar ningú. També hi havia gent civil amb maletes. De tant en tant consultaven els papers. Aleshores, es van sentir cops de martell i totxos caient i trencant-se a la zona polonesa. I un guirigall de gent pel carrer. Una mica abans d'arribar al meu amagatall, vaig poder veure com els policies se situaven als portals de les cases del davant. Un policia a cada una, i de vegades, també un civil.

Vaig guipar pel forat de ventilació. Uns polonesos estaven enderrocant el mur, i la gent, alguns els coneixia de vista, cridaven d'alegria. De sobte, tindrien un carrer ample, com el que tenien abans de la construcció del mur del gueto. Veïns nous al davant, en lloc de les cases buides i del mur amb vidres trencats al damunt, seguint tota la seva llargària. Potser a alguns els havien donat una casa. O potser als seus parents o amics. La ciutat estava molt atapeïda, a causa de la guerra.

Em vaig tancar al meu amagatall. Vaig sentir com carros i cotxes es passejaven pels nostres carrers. Va durar tota una setmana sencera. Cada vegada venia més gent. Els camàlics cridaven i els nens ploraven. Se sentien baralles de lluny i de prop. Vaig veure la Stashia. S'estava a la finestra, impotent. Ja no em podria enviar més senyals: els nous estadants de seguida s'haurien adonat dels seus estranys moviments. Només va poder somriure'm una o dues vegades i em va enviar un petó per animar-me.

Realment, jo estava força deprimit. L'única cosa bona que tenia aquí eren les converses que ens intercanviàvem. Encara que fos només un parell de paraules, era l'únic contacte que tenia amb el món exterior. Ara, s'havia acabat de cop. El mur havia desaparegut i ara estava rodejat.

Hi havia una altra dificultat. No podia baixar a casa dels veïns, com feia cada matí. També havien tapat el forat; segurament algú havia vingut a viure-hi. Mentre fóssim a l'hivern i continués fent fred, no m'hauria d'amoïnar gaire. Tot quedava glaçat. Però, què passaria amb el desglaç?

I tenia encara un altre problema. Em feia por anar al pis de dalt per agafar el que necessitava. Per pujar-hi, triava les nits més fosques i que nevés força i hi anava a mitjanit. Cada vegada, baixava tantes coses com podia. Una nit vaig adonar-me que gairebé no hi quedava res.

Quan pujava al pis de dalt, aprofitava per llençar a baix la neu que hi havia. Sabia que encara nevaria, i que les branques dels arbres es trencaven amb el pes de la neu, fora de les coníferes, que tenien les fulles primes com agulles, i malgrat tot, de vegades també es trencaven. Aquest era el meu pànic nou, que havia d'afegir als altres: que s'esfondrés el pis de dalt tot d'una, i en caure, s'esfondrés també el meu. Vaig posar el meu cable per a casos d'emergència dins el rebost. En cas extrem, podria deixar-m'hi relliscar cap avall i tornar a pujar grimpant-hi. Encara que seria molt difícil amb les mans glaçades, podria fer-ho si no hi hagués cap més opció. Quina bestiesa no haver-me procurat un parell de guants!

No va passar gaire temps fins que els nens de les cases properes van començar a jugar entre les runes, tal com ho havíem fet nosaltres. Els adults els perseguien i els treien d'aquí a crits. A la nit, sentia passes i xiuxiuejos a baix. Segur que les runes s'havien convertit en lloc de trobada de malfactors i estraperlistes. De vegades, els nois grans, que robaven cigarretes pels carrers, que les compraven sense permís, o que se les feien amb burilles trobades per terra, tots aquests, venien aquí a fumar abans del toc de queda, quan ja era fosc. Les nits ennuvolades, la foscor era tan profunda, a causa de la precaució pels bombardejos, que podia jeure a terra del meu pis, ben quiet, i escoltar-ne les converses. Després d'haver gosat escoltar els nens, vaig començar a escoltar les converses dels grans, ben embolicat amb una flassada. De vegades eren lladres que preparaven un cop. D'altres eren autèntics estraperlistes que planejaven fer un forat al soterrani, que coneixien d'abans de la guerra, per amagar-hi les seves mercaderies. Una vegada fins tot van venir membres de la Resistència, cercant un amagatall. Però abans que hagués tingut temps d'ajudar-los, llençant-los l'escala, ja havien fugit. No és que em pogués fiar de qualsevol home de la Resistència polonesa, el senyor Bólek m'ho havia explicat molt bé. Els comunistes, en general, eren gent com cal. Però els de dretes mataven els jueus amb les seves pròpies mans. Ells, com els alemanys, odiaven els jueus. Si un jueu que volia unir-se als partisans es topava amb ells per error, el mataven sense dubtar-ho ni un moment. Eren uns animals, com seria en Yànek quan fos gran.

Si hagués pogut baixar, ja no hauria hagut de patir per les petjades. A baix, tot n'era ple. Però no gosava. Encara que les cames m'esclatessin de ganes de caminar, de córrer.

Va passar el Nadal i va arribar el dia de Cap d'Any. Tota la nit vaig sentir música que venia del bar del carrer del davant. La Stashia m'havia explicat que era un local nocturn on es reunien policies i oficials alemanys, que eren els únics que podien voltar pels carrers mentre durava el toc de queda. La gent n'entrava i en sortia sense parar. Cada vegada que s'obria la porta i la llum es projectava al carrer, veia els que seien a dintre i els que entraven i sortien, i les dones guarnides amb colls de pell. A les dotze en punt, van obrir la porta i van apagar els llums. I quan al rellotge de la dona boja per la neteja van sonar les dotze campanades, al mateix temps que a les esglésies, tots van esclatar en una gran cridòria. Van encendre els llums i la porta es va tancar. Quina llàstima! Començava un altre any, el 1944. Qui sap si seria el darrer any de la guerra. Segur que tothom ho desitjava, els alemanys també. Només que ells esperaven que s'acabés d'una altra manera.

Aquella mateixa nit, una estona després de la mitjanit, es van sentir unes passes feixugues damunt les runes, com fetes expressament. Em vaig arrossegar cap enfora. L'home de baix va encendre una lot i va anar il·luminant tot el voltant, com examinant que no hi hagués ningú. Després es va enfocar la llum a la cara. Era el senyor Bólek.

–Àlex? –va xiuxiuejar.

–Sóc aquí –vaig respondre baixet.

–He vingut a buscar-te per dur-te amb nosaltres.

–No puc venir –vaig dir amb el cor destrossat.

–No siguis tossut; no pots quedar-te gaire temps més aquí.

No vaig contestar.

–T'he portat un paquet. Llença una corda. Si entra algú, llença'm l'escala, ja m'arreglaré. I no oblidis de posar el llistó!

Vaig fer pujar el paquet. Quantes coses bones hi havia! De cada una, vaig donar-n'hi una mica a en Floquet. Vam celebrar l'any nou. El senyor Bólek s'havia arriscat sortint malgrat el toc de queda. Potser havia triat precisament aquesta nit, perquè tant els policies com els alemanys s'emborratxen i no són tan estrictes la nit de Cap d'Any.

Vaig tenir una altra visita. Un dia, des de dintre el rebost, vaig sentir veus de nens, i entre totes, la de la Stashia. Cridava més del normal, suposo que perquè jo ho pogués sentir. Però ella esperava alguna cosa més.

Quan va ser fosc, els nens van marxar. Llavors, vaig sortir a fora a mirar. Ella encara era allà. Ara mirava cap a la porta, ara cap amunt. Em va veure.

–Ens n'anem cap al poble –va dir en veu baixa–. Adéu, Àlex.

–Quan?

–Demà al matí.

–Vine aquí.

–Ens veuran...

Li vaig llençar l'escala. Que sigui el que Déu vulgui. Ella va pujar, molt a poc a poc. Ja havia oblidat que a mi també m'havia costat, al principi. Estàvem de sort. Tot just acabava de fer pujar l'escala i de dirli que entrés, es van sentir veus de gent jove a baix. Segur que venien a fumar. Vaig tancar a poc a poc la porta del rebost. Les frontisses les tenia sempre ben greixades. No vaig encendre cap espelma, només la lot, fent pantalla amb la mà, perquè pogués veure el meu amagatall, i el forat de ventilació. Ella va mirar

des d'allà per veure com la veia. Em portava una carta. L'hauria deixat a baix, sense data i sense nom. També portava la mitja part dels binocles.

–No –li vaig dir–. Queda-t'ho com a record.

Estava amoïnada. La seva mare no sabia que havia sortit.

–A l'hora del toc de queda ja seran fora –li vaig murmurar.

Volia ensenyar-li en Floquet. Es va estremir només de sentir-ho. Gairebé em vaig posar a riure. Ja havia oblidat que hi ha noies que tenen por de les rates.

–Però si és blanc... –vaig xiuxiuejar-li.

–No, no, per favor.

–Qui et fa més por, un ratolí o els alemanys?

Vaig notar com somreia. Llavors, l'hi vaig ensenyar. Va mirar i no va passar res.

–Té uns ulls com botons petits –va dir de sobte.

–Et sembla bonic?

–Bonic? Potser sí. Però, aquesta cua tan llarga...

Bé, vaig tancar la capsa.

–A on marxeu?

–La mare té una amiga en un poble. Anem a casa d'ella.

–On és?

No ho sabia. La seva mare, per més seguretat, no li havia donat l'adreça.

–Com et podré trobar després de la guerra?

Vam pensar en la manera de trobar-nos. Potser podríem escriure al rei d'Anglaterra. Segur que després de la guerra hi hauria rei allà, encara que el palau hagués estat bombardejat. Però ens va semblar una idea una mica ximple. Un rei no podia ocupar-se d'aquests assumptes. Potser a través de la Creu Roja de Suïssa,

per exemple. I si els alemanys conquerien Suïssa a darrera hora, llavors la d'Austràlia. Fins allà no hi arribarien. Estaven a punt de perdre la guerra. Finalment, vam acordar que fos la Creu Roja. I per més seguretat vam quedar de trobar-nos aquí, al número 78 del carrer dels Ocells, el primer dia d'any nou després de la guerra.

Els joves van desaparèixer. Vam sortir amb precaució del rebost. Aleshores, li vaig fer un petó i li vaig dir que l'estimava. Ella va plorar.

Vaig baixar l'escala. Va estar a punt de caure en la foscor però finalment va arribar a baix sana i estàlvia.

Vaig dir-li que comptés tretze esglaons, el número de la sort per a mi. Potser ara ho seria també per a ella.

L'endemà al matí, vaig veure el carro que venia a buscar-les, a ella i la seva mare, amb totes les seves coses. Ella sabia que jo estava mirant i quan van arrencar em va saludar amb la mà. Em vaig impressionar. I després, la seva mare també va saludar. Potser saludaven una altra persona? Però no, em miraven a mi. Suposo que quan va tornar ahir, gairebé a l'hora del toc de queda, no va tenir altre remei que explicar-li la veritat a la seva mare.

En tot el dia no vaig obrir el forat de ventilació. No volia veure qui aniria a viure a casa seva. L'endemà, quan el vaig obrir, vaig veure que la casa encara era buida.

Se'm feia estrany mirar el carrer que havia estat la frontera entre dos mons. No hi havia ni rastre del mur. Els rails del tramvia, que abans estaven coberts pel mur, ara havien tornat a la seva funció primitiva. Com si el gueto mai no hagués existit. Com si mai aquí no hi haguessin viscut altres persones.

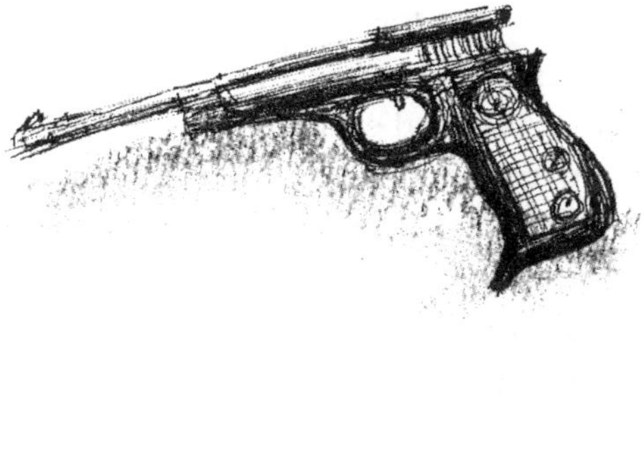

## Capítol 20

# El plorar s'encomana, igual que el riure

Al cap de dues setmanes que la Stashia i la seva mare marxessin, hi va haver una gran tempesta de neu. Va començar nevant tot un dia sencer. Vaig pujar al pis de dalt i el vaig netejar de neu. Després, van començar a bufar uns vents poderosos. Em pensava que em quedaria glaçat dins el rebost. Vaig agafar coixins i una gran flassada per tapar les febles portes. No vaig apagar el fogó; tenia prou petroli. Hi escalfava totxos. Quan n'hi havia un de calent, el treia i n'hi posava un altre, com si tingués una estufa. De sobte vaig estar-ne segur: el petroli no duraria pas tot l'hivern. Però, de moment, no em volia congelar.

En tot aquell dia i l'endemà, no vaig sortir a fora, encara que patia pel pes de la neu al pis de dalt. Senzillament, feia massa fred. La tercera nit, la neu continuava caient. Al matí, vaig sentir un gran terrabastall i, al meu voltant, tot va tremolar. De sobte, alguna cosa s'estavellà a baix i van caure totxos. Va haver-hi uns quants cops més i, lentament, es féu el silenci.

El rebost de baix, on m'estava, va quedar sa i estalvi i vaig pregar perquè no vinguessin més desgràcies. Vaig intentar obrir. Una de les portes estava encallada per fora, però vaig aconseguir que s'obrís la més propera a l'escala. Vaig respirar profundament. Un gran tros del meu terra s'havia salvat, encara que cobert de trossos de totxo i bigues esbotzades. Una part del terra de dalt havia caigut i havia trencat un tros del terra de baix. L'escala de corda estava mig soterrada per les runes i la neu. Vaig mirar cap amunt, per veure si encara podia caure alguna altra cosa, però era impossible saber-ho. Vaig lligar-me un coixí al cap, com a mesura de seguretat. A més m'escalfava. I sense pensar-m'ho gaire, vaig començar a llençar tot el que vaig poder. De tant en tant, mirava cap a la porta, encara que no creia que, fent aquell temps, pogués venir ningú. Llavors va ser quan em va passar la segona desgràcia. La mare sempre deia que les desgràcies mai no vénen soles. La porta del rebost havia quedat oberta i una ràfega de la tempesta havia tombat per terra les meves coses. El fogó també havia caigut i l'edredó havia començat a cremar. No vaig perdre els estreps. Amb una manta, vaig apagar el foc. El pare m'havia ensenyat que no es podia apagar un foc de petroli amb aigua, i la neu és com aigua, una vegada s'ha fos. O potser no. De totes maneres, no estava per experiments.

Quan vaig haver tret l'escala de sota les runes i deixat el terra net, em vaig tornar a tancar dins el rebost. Ara hauria de vigilar, vaig pensar, de no acostar-me al caire del terra.

Quan el temps va millorar, els nens van tornar a jugar a baix. Aquí estaven més arrecerats que al carrer. Però de seguida vaig saber per les converses que alguna cosa no anava bé. Hi havia hagut un canvi. Vaig obrir una mica el rebost per poder sentir què deien. Molt aviat vaig entendre què havia passat: una part de la paret de totxos dels pisos s'havia esfondrat, havia caigut a baix i havia obert un gran forat al sostre del soterrani.

L'alegria dels nens no va durar gaire. La notícia va córrer de boca en boca. Va venir la policia, va examinar el lloc i va fer quatre crits. L'endemà van venir uns obrers i durant el dia van tapiar l'entrada de l'edifici amb totxos. Potser eren totxos que havien arrencat del mur del gueto feia pocs dies.

No sabia si me n'havia d'alegrar o no. Era cert que el senyor Bólek no podria venir, però si posava el llistó a la finestra, ja s'espavilaria a entrar directament per la finestra des del carrer amb una escala o alguna cosa semblant.

Em vaig imaginar que els malfactors podrien aprofitar-ho per venir, així que durant uns quants dies vaig mirar de quedar-me a casa i no baixar. Però des del dia que van tapiar la porta, ningú més no hi va entrar. A poc a poc em va envair una gran tranquil·litat. Ara ja podia tornar a baixar. El sostre del soterrani contra el que havia caigut el terra del pis de dalt era molt prim, ja que havia obert un forat enorme, i la runa del voltant hi havia anat caient, formant una mena de rampa d'entrada, no gaire còmoda, però suficient. Ja tornava a tenir un lloc per voltar i per fer-hi les meves necessitats. Era molt depriment haver d'estar sempre tancat a l'amagatall.

Un matí d'aquells, estava a punt de baixar al soterrani, després d'haver fet pujar l'escala, quan vaig sentir veus, com si algú estigués enfilant-se per una de les finestres que donaven al carrer polonès. De seguida vaig baixar al soterrani, atent al que passava a dalt. Algú va saltar a dintre i algú altre darrere seu. Devien haver entrat amb una escala. El primer pensament va ser amagar-me al búnquer, però aviat vaig canviar d'idea. Segur que baixarien a donar-hi un cop d'ull. Em vaig amagar en una de les darreres cambres de mals endreços que hi havia allà. Potser també hi mirarien, però esperava que, després d'haver-ne trobat una de buida, ja no n'inspeccionarien cap més.

Vaig sentir com feien rodolar els totxos, baixant per la rampa. Potser m'havien sentit? Era difícil de dir. Les seves veus arribaven fins on era jo. Devien estar caminant prop de l'entrada del búnquer.

–Vols una cigarreta?

No va haver-hi resposta. Només el soroll del misto rascant la capsa.

–Vols entrar-hi?

–Sí.

–Sembla que és ben buit.

Vaig tenir un calfred. Una de les veus s'assemblava a la del pare.

Vaig sentir com baixaven per les escales de fusta. De baix estant se sentien cops i grinyols; potser bellugaven prestatges, o qui sap si havien trobat el magatzem del menjar. És clar que era buit. Els saquejadors se n'havien endut fins i tot les engrunes des que els alemanys havien fet volar l'entrada del búnquer.

Havia de tornar a escoltar aquella veu, em vaig dir. No podia ser el meu pare. Però estaven buscant algú, potser algú que s'havia amagat al búnquer. La veu se li assemblava molt. O potser m'ho semblava. Podia ser que tingués una veu similar i que no fos el pare. Tot podia ser. Vaig esperar, tens. Van pujar al soterrani, van obrir les portes d'uns quants trasters, com jo havia previst, i van pujar a dalt.

–Marxem?

–Un moment.

–Que no ens robin l'escala. Anem a pujar-la cap amunt.

Vaig sentir passes que s'allunyaven i que tornaven.

–Devien matar-lo aquí, saps? No pensava pas trobar-lo. Només volia veure el lloc. Com si visités un cementiri.

–No passa res. Tenim temps –digué l'altre–. De totes maneres havíem de venir a la ciutat.

–Quan és la cita?

–Quan es faci fosc –va dir la veu del pare.

Es féu el silenci. Només se sentien els sorolls acostumats del barri.

–Què és el que va dir ella?

–Qui?

–Aquella dona que ho va veure.

–Va veure com el noi arrencava a córrer –va dir la veu del pare–. El vell va anar al seu darrere i un policia els va perseguir a tots dos. Aleshores, el vell va clavar un ganivet al policia.

–I el noi?

–El noi va fugir cap a dins. Van entrar darrere d'ell i li van disparar.

No em podia moure. De sobte, tot era clar com l'aigua. El pare es pensava que jo era mort. Volia córrer cap a fora i tirar-me als seus braços. Per què no ho feia? Per què no cridava? Molt senzill: perquè ja no creia que vingués. Ara ho sabia. Feia temps que havia deixat de creure-ho. Semblava tan impossible! Però m'havia negat a admetre-ho. No m'havia permès a mi mateix cap moment de dubte. I ara que havia passat, no m'ho podia creure. Per fi, podia permetre'm a mi mateix no creure-ho, ara que ell estava assegut allà dalt, sense cap dubte.

Em vaig obligar a aixecar-me i a caminar. Vaig sortir sense vigilar de no fer soroll. Es van posar drets tots dos. No estaven espantats, només sorpresos de veure'm sortir d'allà.

–És un noi –digué el primer home.

Era alt i tenia les espatlles amples, com el pare. Tots dos portaven gorres i abrics curts de pell i botes, com els camperols polonesos. No em va reconèixer fins que em vaig treure la gorra, que em va costar perquè no podia ni aixecar la mà, a causa del nus que se m'havia fet a la gola. Ja em coneixia prou bé per saber que estava a punt de plorar. No podia moure'm de por que tenia d'arrencar a plorar abans d'arribar fins a ell.

–Àlex!

No ho va dir cridant, ho va dir amb una veu molt estranya. Potser és així com es parla amb els fantasmes.

–Pare.

Realment, aquest va ser el final de la història. Però no puc resistir d'explicar com vaig baixar l'escala de corda davant els seus ulls esbalaïts. Després els vaig explicar allò de les línies frontereres que havia dibuixat a terra, però que ara ja no es veien, una per quan estava dret i l'altra per quan estava agenollat, abans que la porta estigués tapiada amb totxos. A continuació els vaig ensenyar l'amagatall i els ho vaig explicar tot, des del començament. Com vaig arribar fins aquí, com vaig viure primer al soterrani, sense saber res del búnquer. Com la família Grin no em va voler donar el nostre menjar i com una altra família em va prendre el que jo havia trobat, bé, que en Floquet havia trobat. També els vaig parlar dels nois del parc i del patinatge. De la Stashia. Del senyor Bólek. Del metge. Del bèstia d'en Yànek. D'en Freddy i d'en Henrik. Del llistó que havia de posar de través a la finestra quan necessités ajut.

Vam seure dins el rebost, una mica estrets. El pare ja sabia que no hi havia quedat ningú, al nostre búnquer. Ja hi havia estat, allà. Els vaig fer te i el van xuclar amb un terròs de sucre. Després, cadascú va menjar galetes amb melmelada. Els vaig ensenyar el magatzem del pis de dalt, que gairebé ja era buit, i els vaig explicar allò del terra que s'havia enfonsat.

–Sembla mentida que hagi resistit fins ara –digué el pare.

–No cridis el mal temps –va dir el seu amic.

El pare no aconseguia estar tranquil. No parava de mirar-me i tornar-me a mirar la cara. Tant havia canviat jo? Havia passat poc temps, uns cinc mesos. Potser havia crescut una mica. Era això? No, em va dir que abans era un nen i ara semblava un home. Això no era del tot cert, ja que no tenia barba. I no parlem de la veu.

–Només he après a espavilar-me sol –vaig dir–. Només és això. Jo sóc el mateix de sempre.

Li vaig parlar, al pare, d'allò de l'alemany, i vaig treure la pistola per tornar-la-hi. Estava greixada i neta, tal com l'havia rebut del vell Barukh. El pare em va abraçar ben fort.

–No et va tremolar la mà?

Gairebé em vaig ofendre.

–Pare –vaig dir en to de queixa–, ja no et recordes de les nostres lliçons?

No les havia oblidat. Em va tornar la pistola i m'ensenyà la seva, més grossa i feixuga, una Mauser que havia pres a un oficial alemany.

–Ara, la Baretta és teva –va dir.

El pare fins i tot va estar content de tornar a veure en Floquet.

–Ell també ha canviat –va dir rient–. Mai no havia estat tan gros ni tan gras. Vols venir amb els partisans? –va preguntar a en Floquet.

Tots tres vam riure, fluixet. Hi havia gent a baix al carrer.

–Àlex –va dir el pare de sobte. Posa el llistó a la finestra. El teu Bólek deu ser el mateix amb qui ens havíem de trobar. Ens reunirem aquí amb ell.

Vaig sortir a penjar el llistó, sense treure el cap per la finestra. Sí, vaig plorar abraçant el pare. El vaig abraçar amb totes les meves forces. Ell també va plorar. I jo no sabia si plorava per mi mateix, perquè era molt feliç o perquè l'havia esperat tant de temps sense voler reconèixer que no creia que vingués. O bé senzillament plorava perquè ell també ho feia. El plorar s'encomana, igual que el riure.

# Índex

# URI ORLEV

Va néixer a Varsòvia, Polònia, l'any 1931. De petit va viure molts dels esdeveniments terribles que el nazisme i la Segona Guerra Mundial van provocar: al seu pare el van capturar els russos i, després de la destrucció del gueto, la mare va ser morta pels nazis i els dos nens van ser deportats al camp d'extermini de Bergen-Belsen. Alliberats en finalitzar la guerra, Uri Orlev es traslladà a Israel. En l'actualitat viu a Jerusalem amb la seva família.

Va començar a escriure per als adults, però des de fa vint anys escriu només literatura infantil i juvenil. També tradueix, és autor dramàtic i escriu per a la ràdio i la televisió.

Escrita originalment en hebreu, *L'illa del carrer dels Ocells* ha obtingut alguns premis a diferents països. N'existeix també una versió cinematogràfica: *The Island on Bird Street* (versió subtitulada en castellà: *La isla de Bird Street*).

Els seus llibres han estat traduïts a nombroses llengües i ha rebut diversos guardons, entre ells, el Premi especial Edgar Allan Poe, el 1985, i el prestigiós premi Andersen, el 1996.

A Alfaguara/Grup Promotor també ha publicat la novel·la *Corre, noi, corre!*

ALFAGUARA
Grup Promotor